財神門徒

之14

詭秘交易

劉晉成 著

財神門徒

目錄

第一章 冒牌的炸藥包 005
第二章 敢於推翻一切的暴民 029
第三章 龍鳳團茶 059
第四章 邪惡的力量 089
第五章 情人夢中呼喚的名字 113
第六章 吃肉的豺狼 137
第七章 犧牲情人的代價 159
第八章 我要他身敗名裂 179
第九章 野獸的追蹤 213
第十章 難解的心頭之恨 241

第一章 冒牌的炸藥包

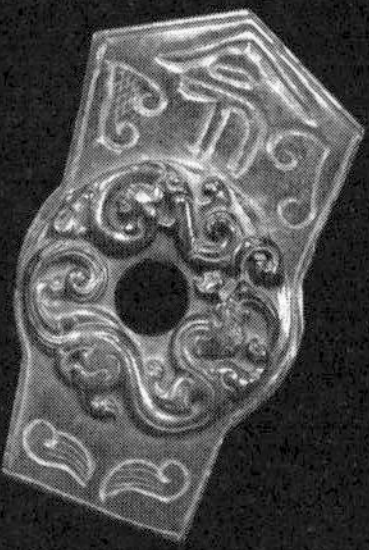

他小心翼翼的接近鐵皮屋，看到左邊有一對乾草。

於是就從挎包裏把冒牌的炸藥包拿了出來，

帶上事先準備好的手套，然後把炸藥包放在地上沾了一層厚厚的泥土，

掩蓋了之前的指紋，這才迅速的把炸藥包塞進了草堆裏。

掛了電話，林東調轉車頭朝體育館去了。到了那裏，剛停好了車，陶大偉的白色桑塔納警車就來了。粗暴蠻橫的插進了兩輛奧迪之間的空位中。

二人一起進了體育館，林東付了錢，要了一塊場地。

陶大偉看著籃球場，心裏感慨萬千，歎道：「林東，還記得嗎？我們兩個一個是法政學院的，一個是物理學院的，當時咱們正是在籃球場上相識的。」

「我記得。大一的籃球賽嘛，那時候我還是物理學院的替補後衛，而你已經是法政學院的大前鋒了。最後的總決賽就是在咱們兩個院展開的，如果不是你，那一年物理學院肯定能奪冠。」

陶大偉籃球打得十分厲害，有職業籃球運動員的水準，他讀大學的四年裏，他稱第二，沒人敢稱第一。這傢伙有著櫻木花道一樣的爆發力，偏偏還又擁有流川楓般的技術，大學四年打了無數場比賽，每場平均得分在四十分以上，成為校史上的第一人。

陶大偉從筐子裏撿起一個籃球，單手抓在手中，在三分線外兩步，單手將球拋了出去。皮球繞著籃框繞了一會兒，蹭著籃網落了下來。

「好小子，看來工作以後這球技倒是沒退步啊。」林東贊道，也從筐子裏拿了個球出來，站在三分線外，抬手投了出去，皮球砸中了籃框，被無情的彈了出來。

「林東，你的球技生疏了。」陶大偉笑道，他倆是球場上的勁敵，林東最厲害的就是投籃，但從剛才那一球的力道和準頭來看，他可以看得出林東已有許久沒碰過籃球了。

「是啊，畢業之後為了生計奔波，哪還有心思打球。」林東歎道。

陶大偉說道：「那你今天還能打嗎？」

林東目光一凝：「如何不能！」

陶大偉嘿嘿一笑，拍起了籃球，弓下了腰，「小心了，我要來了。」

林東展開雙臂，對陶大偉展開貼身防守。陶大偉的進攻手段多樣靈活，而且投籃命中率很高，必須進行貼身盯防，即便是三分線之外，也不可掉以輕心。

陶大偉身高體壯，無論是個頭還是體重都佔優勢，所以當他全力往籃框推進之時，林東對他的阻撓並沒有起到多大的效果，仍是無法阻止陶大偉這架坦克的前進。離籃下還有兩步遠，陶大偉沉肩往前扛了一下，推的林東往後一退，然後就見他拔地而起，手腕一抖，籃球穩穩落進了框裏。

陶大偉豎起了一根手指，哈哈笑道：「哈哈，一比零，林東，該你了，讓我看看你還剩幾成的功力。」

林東在籃下撿起了籃球，拍了拍，他已經太久沒有摸過籃球了，甚至都快記不得上次打球是什麼時候了。這個老朋友變得陌生了，以至於在拍球的時候，他要專心去掌控球的方向。想起大學的時候，林東賴以吃飯的就是他帶球過人的速度，那時候感覺球就像他的一隻手一樣，怎麼用怎麼順心應手。

他這球足足拍了兩三分鐘，陶大偉有些著急了，兩手叉著腰，叫道：「喂，我說你倒是放馬過來啊！」

林東嘿嘿一笑，「別急，再等會兒。」他在盡力爭取時間熟悉籃球，想要找回曾經的手感。

又過了兩三分鐘，陶大偉實在等得急了，「你要是再不進攻，可別怪我上去斷球了啊。」

林東猛地一砸籃球，「砰」的一聲，籃球彈起老高，被他雙手穩穩的握住了，右腿後撤一步，彎腰躬身，做好了進攻的準備。

陶大偉眼裏放射出興奮的光芒，展開雙臂，低聲吼道：「來吧！」

這是屬於男人之間的較量，林東深吸了一口氣，運足了全部的實力，雖然這兩年他的球技生疏了，但是明顯感覺得到體力並沒有下降。反而有所提升，尤其是速度方面，更是到了一個普通人覺得恐怖的地步。

「小心，我來了！」

他低吼一聲，帶球衝了過去，與陶大偉之間只有兩米之遙，這短短的距離之中，對一般人而言根本無法將速度提到一個較快的水準，而林東做到了！陶大偉前一刻還是略帶笑意的臉，在林東跨出閃電般的第一步之後，那笑容立馬就僵住了，當他看到林東在變向過人的時候還在加速，那張嘴就驚訝得合不攏了。

嗖——

如一陣狂風似的從他身旁掠過，陶大偉似乎還沒感覺，只覺得眼前有什麼東西飄過了，耳邊已經聽到身後的轟隆巨響。轉身望去。林東單手持球，來了一招非常有威勢的戰斧式扣籃，當球被灌入籃框的時候，他看到整個籃球架都在晃動，就連腳下的實木球場似乎也為之震顫了一下。

陶大偉雖然沒想過能百分之百的防住林東，但也沒有想到輸得如此憋屈，他甚至連林東的一片衣角都沒有抓到，那球就穩穩的灌入了籃框裏。自他十六歲之後就沒有輸得那麼慘，陶大偉心想會不會是林東這小子剛才有所保留，讓我掉以輕心。然後再打我個措手不及？

對！應該是這樣，果然無商不奸，這傢伙當了老闆之後，人都變得奸詐了。

「一比一，扳平了！」

林東微微笑道，擦了擦臉上的汗，把籃球扔給了陶大偉，挑釁似的說道：「兄弟，該你了！」

陶大偉對勝利的渴望被徹底的激發了，他沉住氣，拿出了十分的實力，再次拍球進攻。他還是老路子，依舊依靠自己身體和力量上的優勢，步步推進，穩紮穩打。籃框周圍三米之內是他最佳的投籃點，在那範圍之內，他有百分之九十的把握投進球。

剛才林東來了一個扣籃，陶大偉決定以牙還牙，一路推進，直到籃框底下，然後突然暴起，身體在空中舒展開來，宛如一張巨大的弓弩，爆發出了令人震驚的力量，將球死死的砸進了籃框裏。

林東不是不想防住這一球，但他也知道，如果想防住這一球，在不犯規的情況下幾乎是不可能的。陶大偉在籃球場上有個綽號，叫作「半獸人」，此名正是由於他恐怖的力量而得來的。只要到了籃框底下，就算是兩個人抱住他，也無法阻止他得分。

「二比一！再下一城，該你了！」

陶大偉囂張的笑了笑，把球扔給了林東，大拇指從鼻子上蹭了一下，這是他的招牌動作。

林東帶球進攻，依舊是以速度取勝，只不過這一次陶大偉有了準備，不會讓他像剛才那樣輕易的突進去，但是他的腳下步伐實在是跟不上林東，被林東連續的幾個假動作搞暈之後已經分不清南北了，等他反應過來的時候，林東已經輕鬆的把球放進了框裏。

兩個人誰也不服氣誰，不停的交換著角色，誰也防不住誰，直到筋疲力盡，身上的襯衫被汗水浸透，這才鳴金收兵，暫時止戈。

「哎喲……我的這個腰啊……」

二人躺在地板上，大口大口的喘氣，看著體育館高高的房頂，心裏皆是非常的寧靜。好久沒有那麼痛快的打一場球了，昔日在烈日下揮灑著汗水的日子似乎又回來了，大汗淋漓之後，他們獲得了內心的極度滿足。

二人躺在地上喘息了好一會兒，林東率先恢復了一點力氣，趕緊硬撐著站了起來。

「兄弟，起來，別躺地上，太涼了，小心著涼。」

林東踢了踢陶大偉，陶大偉哼唧了幾聲，隔了好一會兒才從地上爬了起來，朝林東笑道：「餓了吧？」

林東咧嘴一笑，「的確餓了，晚上吃的都消耗掉了。」

陶大偉笑道：「咱們大學那會兒都是怎麼過的？每次打完球，咱們就去學校外面的那家小酒館，炒幾個菜，然後要幾瓶啤酒，那叫一個痛快。」

林東含笑點頭，「你這傢伙說的我都嘴饞了。」

陶大偉哈哈一笑，「要的就是這個效果，怎麼樣，咱倆再去回味回味？」

林東穿上了外套。「你帶路吧。」

二人出了籃球館，到了停車場各自取了車，陶大偉的警車在前面開道，林東開車跟在後面。他把林東帶到溪州市的大學城，然後在周圍找了家人多的小酒館，二人要了一桌子菜和四瓶啤酒。

大學城外面的小酒館都差不多，桌子上永遠都像是有擦不完的油膩，凳子也經常會有斷腿的。隨便走進一家，都會看到一張張年輕的臉，或是一桌子人鬥酒，或是情侶們低聲細語。

這種場面對還在校園裏的大學生來說實在是司空見慣，不會覺得有什麼好看的，而對於出了大學的林東和陶大偉來說，這樣的場面卻是值得細細品味的。以過來人的身分審視他們過去也曾做過的事情，覺得再枯燥也會變得有趣。那是一段回不來的歲月，永遠沉澱在記憶裏，偶爾會從記憶深處泛起，當自己以為早已淡忘的時候，卻在提醒自己從不曾忘記，依舊是那麼的清晰，就像是昨天經歷的事情那樣。

「大偉，還記得那次咱們在耀揚小酒館幹架的事情嗎？」林東笑問道。

陶大偉喝了一口啤酒，「怎麼不記得？只是那傢伙太慫了，我還沒過癮他就跪地求饒了。」

林東笑道：「一個動手打女人的男人。根本不值得你陶大爺動手，與他打架，太降低你的身分了。」

陶大偉搖搖頭，「話不能那麼說，路見不平拔刀相助，只要有不平之事，只要被我陶大偉看見了，那我就得插手管一管。胸中長存正義之心，人才能活得有意義！」

陶大偉這番慷慨激昂的陳辭，立馬引來了酒館裏幾桌學生的觀看，一群人像是看到怪物似的看著他，都以為這傢伙喝多了。

「吃菜吧。」

林東見此情況，立馬引開了話題。

「對了，你和倩紅最近進展如何？」

陶大偉撓了撓頭，似乎極為苦惱，「不太順利啊，她和我之間似乎永遠都隔了一層，對我若即若離的，我總感覺她心裏還有別人。林東，要不你替我問問？我實在是沒轍了。」

林東趕緊搖頭，「感情的事情我幫不了你，你自己解決吧，對了，說正事吧，你查到什麼了？」

陶大偉道：「順藤摸瓜，我找到了李義虎，這傢伙是個混混，被我找到之後嚇了半死，沒一會兒就把事情都交代了。炸藥是一個叫馬二東的人給他的，還給了他五千塊錢。馬二東我知道，是溪州市道上有頭有臉的一個人物，手底下有幾十號兄弟。我找到馬二東，起先他還堅持不說，後來我數了他幾條罪狀，這小子立馬就服軟了，和盤托出。炸藥包是金氏地產的一個女人給他的，還交給了馬二東兩萬塊錢。至於那女人是誰，我倒是沒去查，我覺得沒必要再往下查了，你應該能知道是誰做的了吧。」

林東點點頭，「我心裏有數了，看來我還沒猜錯，果然是他做的。兄弟，你辛苦了，來，我敬你一杯！」

二人端起酒杯乾了，他們來得晚，這頓飯一直吃到小酒館打烊。

離開小酒館之後，這兄弟倆又在馬路上吹了一會風，聊了好一會兒，這才各自上了車。陶大偉從這件事中看出了端倪，知道有人要對林東不利，他害怕的是對手可能會對林東採取人身攻擊，對手在暗處，如果那樣的話，很可能林東要吃大虧，上車之前，他特意囑咐林東要格外的小心。

有了上次萬源買兇殺他的經歷，林東對這種暗箭還真是有些害怕。上次李龍三的一個手下替他挨了一槍，當場斃命，想起來至今仍是背後冒冷汗。不過以他對金河谷的瞭解，金河谷有自己的驕傲，應該不屑採取消滅對方的方法來擊敗對手。

「姓金的，你送了我一份大禮，我怎麼也要回你一份，這才夠意思嘛。」

林東猛踩油門，一路狂奔，到了春江花園，柳枝兒才剛剛回來。

「枝兒，最近你怎麼瘦了那麼多？」

林東發現柳枝兒瘦了很多，最明顯的感覺就是晚上在床上歡愉的時候，能夠明顯的感覺到柳枝兒的骨骼有些硌人。

柳枝兒那麼晚回來，只沖了一杯燕麥粥做晚餐，看來是刻意在減肥。林東見她那麼做，心道難道我的枝兒也學起了城裏人要減肥？

「東子哥，那個海選我已經進入第二輪了，我最近看了那本小說，主角顧春娥是個山溝裏的女人，生活十分困難，我想如果我再瘦些，應該會與她的形象更接近。為了能更有希望被選中，我必須要嚴格要求自己！」

林東一時忘了要把茶杯往嘴邊送，驚愕的看著柳枝兒，這才發現了柳枝兒身上的倔強。

「枝兒，這個海選能不能不參加了？」

這畢竟是高倩舉辦的，如果柳枝兒被選中了，讓兩人見到了面，林東可真是不知道該怎麼收場。

柳枝兒堅定的搖了搖頭。「東子哥，其他事情我都能答應你，但是演戲是我真的喜歡做的事情，我請求你給予我支持。」

看著柳枝兒臉上那從未有過的倔強，林東總歸還是心軟了，歎了口氣，「既然你已經決定了，那麼你就聽從自己的內心吧。枝兒，演藝這條路不好走，無論如何，我希望你能做好自己，保持自己的純真，不要被這個大染缸玷污了。」

林東沒有繼續反對她參加海選，柳枝兒高興極了，跑過來抱住林東的脖子，在他臉上香了幾下。

「東子哥，我知道如果我變了，你就不會愛我了。所以無論如何，為了讓你能夠繼續愛我，我都不會被娛樂圈的大染缸給玷污的。哎呀，咱們現在說這個是不是早了些啊？我現在仍只是個打雜的劇務呢。」

二人摟在一起笑了起來。

第二天早上，林東一早就趕到了工地上，和陶大偉來了一場一對一的鬥牛之後，他發現昨晚喪失的體力又都回來了，不僅如此，整個人也顯得精神奕奕，看上去十分有神采。

「看來還是該多運動運動。」

他開車到了工地上，馬上就給周雲平打了個電話。

周雲平接到他的電話之後，立馬從公司趕了過來。自打公租房專案開建以來，林東就把工地當成了辦公室，一天到晚泡在這裏，而公司大部分的事務則都交由他處理，周雲平每日忙得不可開交。

「老闆，你找我。」

推門進了指揮部的臨時辦公室，周雲平垂手立在一邊，恭敬的說道。

林東指了指椅子，「坐吧。上次炸藥包那件事是金河谷搞的鬼，我已經查出來了。公租房這個專案我很看重，不容有錯，金河谷既然敢來找我的麻煩，我就絕對不會輕饒了他。」

林東右手放在桌上，不急不緩的叩擊著桌面。

周雲平道：「我一猜就是他，除了他，還有誰要那麼跟我們過不去。老闆，你說說吧，咱們接下來怎麼辦？」

「禮尚往來！小周，你找個可靠的人，照那個炸藥包的模樣仿造一個，然後派人送到金氏地產在蘇州國際教育園的工地上去，找個地方埋了就行。」林東瞇著眼睛說道。

周雲平有些不理解，說出了他的想法，「老闆，這能行得通嗎？金河谷一看就知道咱們是玩假的了。」

「我自有我的安排，你儘快去辦吧，記住，要找可靠的人，你最好不要出面，免得惹來麻煩。」

聽完林東的吩咐，周雲平就夾著包走了。

他沒有回公司，而是回到家裏自己做了個假的炸藥包，覺得樣子還行，就裝進了包裹，然後給他一個從小玩到大的哥兒們打了個電話，約他吃飯。中午的時候，兩人在一家酒店的包廂裏見了面。

周雲平的這哥兒們叫趙陽，以前住在他家對門，與周雲平差不多大。

「小子，找哥幹嗎？」趙陽一進門就問道。

周雲平嘿嘿一笑，「主要是請你吃頓飯，咱倆敘敘舊，順帶解決一點小事情。」

趙陽冷哼一聲，「黃鼠狼給雞拜年，我就知道你小子沒安好心。」

周雲平臉上堆笑，把菜單推到趙陽面前，「陽哥，今天你點菜，想吃啥儘管點。」

趙陽知道周雲平有求於他，也就不客氣了，一口氣點了十來道大菜，心想這回有口福了。

吃過了午飯，趙陽一邊剔牙一邊問道：「這吃也吃了，該說說你那事了吧。」

周雲平把挎包塞到趙陽懷裏，「打開看看！」

趙陽拉開拉鏈，把裏面的東西拿了出來，一看是炸藥包，嚇得酒都醒了，把那炸藥包一下子扔得老遠。

「周雲平，你弄這玩意幹嘛？」

周雲平趕緊安撫他，「陽哥，那是假的，你先別急，聽我跟你好好說說。」

趙陽安靜了下來，周雲平繼續說道：「請你幫個忙，你幫我把這個假的炸藥包送到蘇城國際教育園的工地上，隨便找個地方埋了或者是藏起來。你自己幹或者是找別人幹都行，不過不能把我說出去。」

趙陽摸摸腦袋，「這到底是要幹啥？」

周雲平微笑不語，因為他也不知道這是要幹啥，只不過因為是林東吩咐的，所以就得不折不扣的執行。

「陽哥，別問我要幹啥，我不方便告訴你。你就說吧，這事你幫不幫兄弟？」

周雲平嘿嘿笑著看著趙陽，臉上的表情似乎是在說，你總不能白吃了我這頓飯吧。

趙陽把地上的冒牌炸藥包撿了起來，然後塞進了挎包裏，拎著往門外走，走到門口，回頭一笑，「你小子記住欠我這個人情，回來之後還得請我吃飯。」

周雲平趕緊站了起來，一個勁的陪笑，「那是那是，到時候地方你挑。」

趙陽腳下一頓，想起了什麼，走到周雲平身前，悄悄說道：「你嫂子出差一個月，兄弟，我聽說大公館那邊的姑娘水靈，等我回來之後，咱倆一塊兒去，哥哥都半個月沒近女色了，都快憋死我了，瞧見沒，滿臉都是痘痘。」

周雲平素來知道趙陽好色，以前還因為找小姐進了局子，那次還是他江湖救急，拿了五千塊錢去把趙陽贖了出來。趙陽是敲定他了，誰讓他有求於人呢。

「陽哥，這麼做不好吧？嫂子對我挺不錯的，我要是帶你去那種地方了，心裏會覺得對不起她的。」

趙陽臉一冷，隨即把挎包往地上一撂，「兄弟，我還有事，這忙你找其他人幫吧。」

這差點把周雲平氣得說不出話來。從小到大，趙陽一直都像是吃定他似的，有了好處都是他拿，闖了禍黑鍋都是自己背。

周雲平想起初中時候兩個人一起湊錢買了望遠鏡，偷窺對面那棟樓一個少婦洗澡的事情。有一天被抓住了，趙陽這傢伙硬是把責任推得一乾二淨，矢口否認與自己有關，最後他背了個大黑鍋，到現在遇到那個「少婦」還覺得抬不起頭。

「陽哥，別這樣啊，你不幫我誰幫我？你是我親哥哥一樣的人啊！」周雲平拎起地上的挎包挎在了趙陽的肩上，「兄弟我等你凱旋歸來，到時候在大公館擺酒為你慶祝。」

趙陽聽了這話，嘿嘿乾笑了幾聲。那笑聲有些陰森，他遂了心意，自然得意萬分。「是啊，誰叫你是我弟弟呢，老弟，你請好吧，這事我馬上就替你辦了。」

二人一起走到飯店外面，周雲平吩咐趙陽千萬小心，趙陽直說讓他把心放進肚子裏。

喝了不少酒，周雲平開車回到公司，把事情託付給趙陽，他還是放心的。趙陽這人雖然愛貪小便宜，但畢竟是他從小一塊玩到大的朋友。兩人之間的感情是不用說的，絕對是鐵哥兒們。

話說趙陽這頭，這哥兒們從飯店出來之後，上了車就給單位領導打了電話，說有點事情，下午就不去辦公室了。他是老油子了，和單位裏大小領導都混得熟，立馬就請到了假。

中午喝了不少酒，趙陽開車到了家裏，倒頭就睡著了。一覺醒來，外面已經天黑了。想起周雲平交代的事情，立馬就出了門，心想正好趁著夜色把那事情就給辦了。走到門口，他仔細想了想，未免讓人認出來，他得偽裝一下，於是就進了臥室，找出一件他老婆穿的紫紅色風衣和一頂白色的寬沿帽子，然後順手拿了一條黑色絲襪放進了兜裏，心想如果有需要，到時候他就扮一回女人。

冒牌炸藥包就放在他後車廂裏，趙陽到了樓下，發動車子就朝蘇城去了。

兩個小時之後，國際教育園的入口處駛來了一輛銀色的大眾寶來車。

趙陽看了看手機，已經九點多鐘了，車子在校園裏行駛，一路上行人寂寥，也不知這裏的學生都幹嘛去了。趙陽心想不能直接開車去工地，於是就找了個地方把車停好，然後打開後車廂，拎走了裏面的挎包。

教育園占地極廣，趙陽在裏面繞了老半天才找到那塊工地，一眼就瞧出這工地剛動工不久。工地四周都用一米多高的鐵絲網圍住了，裏面黑漆漆的一片，看不到光，也聽不到有人的聲音。

趙陽抬頭看了看前面豎著的那塊大牌子，低聲念道：「施工現場，閒人免進。哼，老子就要進。」

他見裏面什麼人都沒有，而且四周也不見有人，於是就省掉了扮女人的那道程序，拎著挎包往前走。趙陽小時候是出了名的搗蛋鬼，兩米多高的牆頭都攔不住他，何況是一米多高的鐵絲網，他不費勁的就翻了進去。只不過鐵絲網不比磚牆，翻過來的時候，弄得鐵絲網亂抖，發出一串凌亂的聲音，嚇得他冷汗流了一背。

「他娘的，可把老子嚇死了。」

趙陽抹了一把額頭上的冷汗，轉念一想，剛才那麼大的動靜都沒把人招來，看來這裏面真的是沒有人。這麼一想，他就放鬆多了，深深的呼出一口氣，扭頭四處看了看。

這片工地空蕩蕩的，借著月光，他只能看到幾個大坑，前面一兩百米處似乎影綽綽還有一排鐵皮屋。

趙陽揣測了一下周雲平的用意，他想如果把炸藥包就扔在這裏應該沒什麼用，反正都是假的，倒不如扔到前面的鐵皮屋那邊去，於是就貓腰潛行，風聲如萬馬嘶吼，遮蓋了他的腳步聲。

往前走了不遠，靠近鐵皮屋之後，他才聽到裏面的動靜。

「來，喝。」

趙陽嗅了嗅鼻子，風中有白酒的味道，而且是劣質的白酒。他恍然明白過來，鐵皮屋裏的應該是工地上的工人。但凡是建築工地，工地在哪裏，工人們的營房就在那裏，這是咱中國的特色，改變不了。

趙陽拍了一下大腿，心想剛才真是大意了，居然沒想到這一點，好在今天點子不背，沒被人發現，否則免不了要挨一頓打。他小心翼翼的接近鐵皮屋，看到左邊有一堆乾草。於是就從挎包裏把冒牌的炸藥包拿了出來，帶上事先準備好的手套，然後把炸藥包放在地上沾了一層厚厚的泥土，掩蓋了之前的指紋，這才迅速的把炸藥包塞進了草堆裏。

剛想要走，趙陽的耳朵一顫，聽到了鐵皮屋的門開了的聲音。嚇得膽都快裂了，急得滿頭是汗，只能暫時先躲到草堆後面。

月色下，兩個醉漢晃悠悠的走到草堆這邊，滿身都是酒氣。二人站定之後，拉開了褲子拉鏈。然後就聽到了嘩啦啦的水聲。趙陽握住鼻子，那尿騷味實在是濃，熏得他差點吐出來。

好在那兩醉漢撒完尿就走了，一邊走一邊說進去繼續喝。

趙陽不敢耽擱，貓著腰，一路小跑，到了鐵絲網前，手腳並用，比貓還靈活，幾下就翻了出去。他的心還怦怦狂跳。往前跑了幾百米，跑到有燈光的地方，這才停下來大口大口的喘氣。

「早知道那麼嚇人，你給我吃龍肉我也不來。」

趙陽摸了摸心口，剛才那情形比當年偷看少婦洗澡還緊張，差點就把心給跳出來了。

「周雲平，回去看我怎麼宰你！」

趙陽啐了一口，朝路邊吐了口痰，四處望了望，猛然發現迷路了。這地方是如此的陌生，他在國際教育園裏瞎摸了半天也沒找到停車的地方，只記得停車的地方有棟樓叫「思賢樓」，好不容易在路上看到了一對情侶，趙陽抓住那女孩就不讓人走，問她思賢樓在哪裏。

那男生怒瞪著趙陽，不過看趙陽身高體壯，而且一臉的兇悍之氣，也不敢上前較勁，只能眼睜睜看著自己女朋友被人捉住雪白的手腕，心裏那個氣啊，真想把趙陽給廢了。

那女孩指了指趙陽的身後，「你身後就是思賢樓啊。」

趙陽鬆開了手，那女孩拉起男朋友快步跑走了，他轉身一看，可不是嘛，思賢樓就在眼前，而他銀色的寶來距離他連三十米都不到。

趙陽看了一下手機，已經是十一點多了，趕緊開車回溪州市，明天還得上班呢。

到了車裏，趙陽就給周雲平發了條簡訊，只有四個字，「事已辦妥。」他不是不想給周雲平打電話邀功，但現在是在蘇城，他打電話是長途加漫遊，趙陽是捨不得那電話費。

周雲平剛洗了澡，聽到手機響了，拿起來一看，是趙陽發來的訊息。他沒想到趙陽那麼迅速，當天就把事情辦好了，激動之下，立馬給趙陽撥了電話。

「陽哥，行啊，真有你的！」

趙陽嘿嘿一笑，「咱是誰？答應你的事情肯定辦得麻利。雲平，記著咱的約定啊，事情辦妥了，你該怎麼答謝我呢？」

周雲平嘿嘿笑道：「記得記得，大公館嘛，等我有時間了，我一定約你去那兒。」

趙陽急了，「等你小子有時間，黃花菜都涼了，還有半月你嫂子就出差回來了，到時候我哪有機會出去玩？小子，你給我聽好了，我可是冒著生命危險幫你這忙的，你可別想耍賴。」

周雲平知道趙陽是真的急了，趙陽這傢伙懼內，什麼事都聽他老婆的，他老婆在家裏說一不二，把他管得死死的，如果他老婆回來了，他可就真的沒機會出去玩了。周雲平歎了口氣，倒是開始覺得趙陽可憐了，雖然家裏有個讓無數男人垂涎的美人妻，但卻一點自由都沒有。

「陽哥，明晚，你看怎樣？」

趙陽樂了，哈哈笑了起來，「果然夠兄弟，那好，明晚我等著你。」

想到大公館那一個個妖嬈嫵媚的年輕小妞，趙陽的心裏就癢得難受，心想明天還得請假，白天得留在家裏好好休息，否則晚上應付不來。

周雲平沒敢耽擱，雖然他還弄不清楚林東的用意，但還是在第一時間通知了林東，告訴他假的炸藥包已經放到了金氏地產在蘇城國際教育園的那個工地上去了，就在鐵皮屋旁邊的草堆裏面。

第二章

敢於推翻一切的暴民

他金河谷萬萬沒想到事情會發展到這個地步，

這夥看上去老實的工人，一旦動起了怒，瞬間變成敢於推翻一切的暴民。

他不想低頭，堂堂金家大少爺怎麼能向這群建築工低頭，於是就發動了車子，

法拉利如同一隻張開了陰森巨口的怪獸，發出雷鳴般的怒吼。

「窮鬼們，讓開，否則我就要撞死你們！」

第二天上午，林東坐在指揮部的臨時辦公室裏。左手端著茶杯，右手拿著電話，撥通了蕭蓉蓉的電話。

電話很快就接通了，而電話那頭卻沒有傳來蕭蓉蓉的聲音，反而是一陣刺耳的嘈雜的聲音。

「死人，你終於肯聯繫我了。」

電話裏終於傳來了蕭蓉蓉的聲音，那聲音被壓低了，透露出興奮，也透露出哀怨。

「蕭警官，我要報警。」林東笑道。

蕭蓉蓉嗔道：「別鬧，你報什麼警。林東，好久沒見你了，人家想你了。」

一句想你了已足以勾動林東的魂魄。腦海中浮現出蕭蓉蓉令人迷戀沉溺的嬌軀，恨不得立馬就出現在她的身邊。

「蓉蓉，我真的是要報警，不是跟你開玩笑的。」

蕭蓉蓉聽他聲音很嚴肅，不像是開玩笑，關切問道：「你怎麼了？」

林東說道：「我收到情報，金氏地產在國際教育園那邊的公司有炸藥，我想你們員警應該趕緊去搜出炸藥包。」

「金氏地產？」

蕭蓉蓉微微一愣，想起這是金河谷的公司，一切就都明白了。

「是你幹的吧。說吧，你到底想幹嘛，說出來我替你參謀參謀。」

林東把金河谷前段時間在他工地搗鬼的事情說了出來，他本不想惹事，但是金河谷已經欺負到了他的頭上來，如果一味忍讓，只會增添他的囂張氣焰，所以林東才覺得應該給金河谷點顏色瞧瞧。

「蓉蓉，封了他的工地，讓他整頓幾天，我的要求就是這些。」

蕭蓉蓉道：「這個好辦。對了林東，你不要親自報警，找其他人報警，最好是用公用電話。這件事情我會親自過問的，畢竟是出現炸藥包了嘛，也算是大案子了。」

林東笑道：「還是蕭警官想得周到，那我立馬就找人去辦。蓉蓉，這陣子太忙了，等我一有時間就回去看你，好嗎？」

蕭蓉蓉幽幽歎道：「隨你吧，反正你又不止我一個女人。」

這話說得林東心裏一陣揪痛，放下電話，他對著茶杯沉默了好一會兒。

過了許久，他才給周雲平打了電話，告訴他該怎麼做。

溪州市的警方接到報警電話之後，立馬將情況反映給了蘇城市局。正如蕭蓉蓉所說，發現炸藥包是件大事，蘇城警方十分重視，立即組織警力前往國際教育園的工地，蕭蓉蓉要求加入。帶隊的隊長本來不想讓蕭蓉蓉參加的，因為她是局長的女兒，這次行動太危險，萬一傷著，他可沒法交代，而蕭蓉蓉則很清楚那個炸藥包根本不會炸，不會有任何的危險，所以堅持要求參加這次的行動。隊長拗不過她，只好同意了。

四五輛警車連成一線，火速趕到了國際教育園的工地上。

工地的負責人叫齊寶祥，是個三十來歲的男人，見到那麼多員警湧進了工地裏，立馬帶著人趕了過來。

「你們是幹什麼的？沒看到外面牌子上寫著閒人免進嗎？」齊寶祥手裏拎著鐵棍，氣焰囂張的吼道。這是金家的工地，他的靠山是金氏家族，所以他不怕惹麻煩。

他身後有十來個小痞子，都是雇來看工地的，一個個手裏也都攥著傢伙，看樣子是隨時準備跟員警械鬥。

隊長許洪亮出了搜查令，「有人報警，說你們工地上有炸藥包，我們要搜查，請配合警方工作。」

「炸藥包？」齊寶祥大聲吼道，「你腦袋被驢踢了吧？工地上哪來的那玩意，我這兒又不要開山。我告訴你，這可是金家的工地，不想自找麻煩的，趕緊給我滾蛋。」

齊寶祥伸手指著許洪的鼻子，態度十分蠻橫。

蕭蓉蓉站在許洪的身旁，向前跨出一步，使了一手漂亮的擒拿，一招就把齊寶祥制服了。

「哎呀疼啊，媽啊，姑奶奶鬆手……」

齊寶祥手裏的鐵棍子已經丟了，整個人被蕭蓉蓉按在了地上，痛苦的哀嚎。那十來個小痞子見老大那麼輕易的就被擒了，也都蔫了，立馬都丟了傢伙。

「雙手抱頭，蹲著不要動。」

許洪怒道，這幫不知道天高地厚的傢伙，本來不想收拾你們的，居然欺負到他的頭上去了。

「我現在要和我的同事展開搜查，請問有問題嗎？」蕭蓉蓉冷冷問道。

齊寶祥感覺胳膊就快要被這個美麗的女警擰斷了，哪還敢說個「不」字，一個勁的說好。

許洪一揮手，「大家行動吧。」

十幾名員警分散開來，在工地上展開了搜索。

齊寶祥摸出了手機，蹲在地上給金河谷打了個電話，「喂，金爺，不好了，員警來搜工地了。」

金河谷罵道：「你他娘的怕什麼，我那是工地，又不是夜總會，他們能搜出來個鳥啊！」

「他們說有人舉報咱們工地有炸藥！」齊寶祥道。

金河谷一下子愣住了，掛了電話，一巴掌拍在桌子上，把茶杯都給震翻了。

「他娘的林東，那麼快就找上門來報仇了。」

金河谷立馬就離開了辦公室，開車往蘇城趕去，他沒想到林東比他更能玩，直接驚動了員警，這事鬧的，似乎有點大了。

蕭蓉蓉帶著幾個警員在工地的北區搜查，她指著鐵皮屋那裏說道：「你們去那邊搜搜，不要放過任何可以藏東西的地方。」

三名警員在鐵皮屋裏搜了搜，沒有任何的發現，而此時工地上的工人們也都放下了手頭上的活，圍過來看熱鬧。

「員警都來了，這是出啥事了啊？」

工人們議論紛紛，對於員警進鐵皮屋裏搜查感到很奇怪，那裏面除了臭鞋、臭襪子啥都沒有，根本沒什麼好搜的。

搜完了鐵皮屋，那幾名員警就朝雜草堆走去。那兒堆著的雜草都是原先工地上瘋長的野草，後來工地開工以後，工人們就把這些草給鏟掉了，堆在鐵皮屋的旁邊，可以用來生火烤東西吃。

工頭李二牛愣頭愣腦的跑到一名警員跟前，問道：「員警同志，你們在找什麼啊？」

「炸藥包！」

那員警沒好聲氣的對他說了一句，「趕快過去，這裏不安全。」

李二牛一聽是在找炸藥包，魂都快嚇沒了，腳底抹油，跑得遠遠的。工人們見他回來了，瞧見李二牛頭上都是汗，趕忙問道：「二牛哥，怎麼啦，他們在找啥？」

李二牛擦了擦腦門子上的冷汗，喘了口氣，「兄弟們，不好了，咱工地上有炸藥包了。」

「啥？炸藥包？」

工人們驚呼不已，有的臉都嚇白了，炸藥包可不是鬧著玩的，萬一炸了，那可是會丟性命的，已有不少人萌生了離開這裏的念頭，眾人圍著工頭李二牛，七嘴八舌的議論起來。

「我看這活咱們是不能幹了，保命要緊，給多少錢都不行。弟兄們別著急，我現在就去聯繫，看看哪兒的工地還需要人。」

李二牛和眾人議論了一會兒，決定離開這裏，另謀生計。建築工現在是非常吃香的工種，全國各地都在大搞建設。但願意做建築工人的人卻是越來越少，所以他們每個人都是香餑餑，根本不愁找不到活兒。

幾名員警在草堆旁搜了搜，沒發現炸藥包，正要撤離，就見蕭蓉蓉指了指草堆。「這裏面最容易藏東西了，大家別放過任何可疑之處。」

那幾名員警聽了這話，各自尋了稱手的傢伙，有的是棍子，有的是鐵鍬，沒一會兒就把這草堆給翻了個底朝天。

「找到了！」

一名警員高聲叫道，附近的員警蜂擁而來。那炸藥包模樣的東西靜靜的躺在雜草上，光從外表來看，根本看不出是冒牌貨。

許洪低聲道：「小王，去請拆彈專家過來。所有人後退百米！」

眾人一哄而散，紛紛後退。

而百米之外的工人們也都聽到了，看到員警一個個表情嚴肅，至此才確定這工地上是真有炸藥包。

「怎麼辦，真的有炸藥包啊！」

工人們都看著李二牛。他是工頭，現在就等他拿主意了。

李二牛道：「別急，我現在就打電話聯繫，一旦找到了下家，咱們立馬離開這裏。」

拆彈專家正在警車裏等候，接到了命令，兩名拆彈專家立馬行動起來。他們走到了草堆旁邊，蕭蓉蓉看到他們小心翼翼的模樣，差點忍不住笑出聲來。那二人盯著瞧了一會兒，後來有個人把炸藥包拿起來放在鼻子下面聞了聞。

「這哪是炸藥包啊，害得我白緊張半天！」

那名拆彈專家氣得把冒牌炸藥包往地上一摔，有種被戲弄了的感覺，朝冒牌炸藥包上踩了兩腳，外面的包裝很快就破了，露出裏面的黃沙來。周雲平製作的這個「炸藥包」直接連硫磺都省了，裏面只有沙子，別無它物。

許洪等人在一百米外瞧見了這異常的現象，馬上都跑了過來。

「老鄭，怎麼啦，發什麼瘋？」

許洪和這名姓鄭的專家熟識，瞧見了他這副模樣，覺得有些詫異，心想這傢伙是年紀越大脾氣越臭。

鄭專家指著地上的一堆散沙，氣鼓鼓的說道：「老許，這就是你說的炸藥包？」

許洪低頭一看，嘿嘿笑道：「這樣不是很好嘛，最好是白擔心一場，畢竟炸藥包可不是好玩的。」

鄭專家甩甩手，「現在的治安真是好，我已經有兩年沒見到炸藥了。好了老許，不跟你扯了，這裏交給你們了，沒我們什麼事了，我們走了。」

鄭專家帶著他的徒弟走了，許洪也有意收隊。

齊寶祥知道找出了冒牌炸彈，頓時有了膽氣，跑過來跟許洪理論，「喂，帶大盔帽子的，這就是你們所說的炸彈嗎？在我眼裏怎麼是一團沙子啊？」

許洪目光一冷，盯著齊寶祥問道：「你想怎樣？」他幹了那麼多年的刑警，自然不會把一個小混混放在眼裏。

齊寶祥被他如鷹般的目光一看，頓時軟了下來，膽氣卻了幾分，「我不想怎麼樣，只是你帶人把我的工地攪合了，這叫擾民，這事不能那麼算了，你們員警都賠錢給我們。」

許洪冷冷一笑，臉上帶著不屑，「我說你還真是法盲，沒看到我帶來的搜查令嗎？要再是尋釁挑事，小心我告你個妨礙公務，抓你進局子裏。」

齊寶祥進過不少次警察局，知道裏面的道道，那滋味他是再也不想嘗了，立馬就耷拉下了腦袋，就像是鬥敗了的公雞。正當這時，門口傳來了一陣呼嘯聲，一輛法拉利以極快的速度衝了過來。

齊寶祥瞧見了那車，知道是金河谷到了，有金大少做靠山，他還有什麼好怕的，立馬又囂張了起來，攔著許洪他們，不讓走。

金河谷停好了車，風風火火的走了過來，目光一掃，在蕭蓉蓉的臉上停留了幾秒，臉上的表情變得更加難看。

「怎麼回事？」

金河谷大聲吼道。

齊寶祥立馬站了出來，「金爺，你可來了，就是他們，非要查咱們的工地，說什麼有炸藥包，炸藥包沒找著，卻找到了個沙包。」

金河谷一眼就瞧出了許洪是這夥人的頭頭，雙手叉腰看著他說道：「你叫什麼名字？」

「我想我無需回答閣下的問題。」許洪冷冷道。

金河谷點點頭。「行，我認識管你的，敢來我的工地撒野，我肯定要讓你為今天的舉動後悔不已！」

蕭蓉蓉站出來說道：「許隊，我覺得應該把這裏封鎖幾天。雖然我們今天找到的是一個假的炸藥包，但這很可能是個信號，歹徒說不定下次就會拿真的炸藥包過來。」

許洪見金河谷態度十分蠻橫，心裏很不爽，聽蕭蓉蓉那麼說，就來個順水推舟，蕭蓉蓉的母親是局裏一把手，父親更是市委常委，有蕭家這個大靠山，他還害怕金河谷做什麼，於是便點頭說道：「小蕭你說得對，為了防患於未然，我也覺得有必要封鎖工地。」

金河谷憤怒的看著蕭蓉蓉，知道這件事的背後是林東在搞鬼，看到蕭蓉蓉那麼幫他，氣得心肺都要炸了。他掏出手機，走到了一邊去，一連打了幾個電話。過了一會兒，許洪的手機就接二連三的響了起來。

許洪接了幾個電話，都是來為金河谷說情來的，打電話來的這幫人都是他的領導，他一時也不知道該怎麼做了，只好看著蕭蓉蓉。如果蕭蓉蓉執意要封，他就堅定立場，只要有了蕭家這座大靠山，他就沒什麼可怕的了。

蕭蓉蓉不想讓許洪為難，也不想把這件事情鬧得太僵，如果因此而引起家族上層的爭鬥就不好了，而且林東要的效果都已經達到了，於是就對許洪說道：「許隊，咱們收隊吧。」

許洪點點頭，一揮手，「咱們走。」帶著他的人走了。

「帶著你的人滾吧！」齊寶祥和一幫小痞子用歡聲笑語送走了許洪一群人。

李二牛已經聯繫好了老鄉，就在蘇城，還有一個工地上要人，而且那邊給的工資比這邊要多，他就決定帶著工人們到那邊去了。齊寶祥見這群工人們一個個都不幹活了，指著他們罵道：「看什麼看，還不快去幹活！」

工人們推了推李二牛，「二牛哥，這活咱不幹了，去把咱們的工資要過來，咱們現在就走人。」

李二牛道：「這事沒那麼簡單，我們大夥兒必須得齊心合力，不然的話，我估計不僅工資要不到，弄不好還會挨一頓打。走吧，大夥兒一塊去，待會如果他們敢動手，大家去並肩子上，有誰敢做縮頭烏龜的，我李二牛保證饒不了他。」

李二牛帶著一百多號建築工浩浩蕩蕩走來，齊寶祥更是氣得直跳，扯著嗓子罵罵不迭。

「老闆，麻煩把工資給咱們結了吧。」李二牛作為代表，由他上去和金河谷交涉。

金河谷點了一根煙，抽了一口，緩緩問道：「你們是什麼意思？」

李二牛仗著人多，也不害怕，挺著胸膛說道：「大夥兒不敢在這兒繼續幹了，不幹了，把工資結了，我們好走人。」

齊寶祥跳了出來，「他娘的李二牛，幹了一半你說不幹了，撂挑子了是吧，撂挑子你就別想拿工錢！」

齊寶祥就是一隻上竄下跳的猴子，李二牛根本沒把他放在眼裏，看著金河谷，「老闆，兄弟們確實是幹不下了，咱們好聚好散，痛快點，趕緊把工錢給咱結了，咱念著你的大恩大德。」

金河谷扔掉了煙頭，雙臂抱在胸前，嘴裏冷冷吐出兩個字：「刁民！」說完就往他的豪車走去，這裏的爛攤子他不想過問，就讓齊寶祥來收拾吧。

「老闆不給錢，兄弟們，別讓他走啊！」

李二牛發出了吶喊，上百號工人衝了過來，齊寶祥帶著十來個小痞子根本就攔不住，金河谷剛進車裏，還沒來得及發動車子，法拉利已經被工人們圍了起來。

「下來，給錢！」

……

金河谷萬萬沒想到事情會發展到這個地步，現在群情憤怒，這夥看上去老實的工人。一旦動起了怒，瞬間就變成了暴民，敢於推翻一切的暴民。他不想低頭，堂堂金家大少爺怎麼能向這群建築工低頭，於是就發動了車子，法拉利如同一隻張開了陰森巨口的怪獸，發出雷鳴般的怒吼。

「窮鬼們，讓開，否則我就要撞死你們！」

金河谷坐在車裏，狂笑不已。

「下車、下車……」

他越是這樣做越是能激起民憤。工人們的憤怒之火被徹底點燃了，一個個都紅著眼，沒有人肯讓開。也不知是誰第一個朝車上砸了一磚頭。接著磚頭就如雨點般落在了車上。

金河谷被眼前的陣勢嚇壞了，腳下一慌張，踩了油門，法拉利如離弦之箭般衝了出去，有幾個沒來得及避讓的工人當場就被撞翻了，還有一個被壓斷了腿，躺在地上痛苦的哀嚎。

「敢撞人，兄弟們，砸爛他的車！」

已經有幾人提前跑去把工地的大門鎖上了，剩下的人手裏都拿著磚頭，再無所顧忌，拚命的往金河谷的法拉利上面扔磚頭。車身被砸得坑坑窪窪，連玻璃也被砸碎了。

金河谷被徹底嚇懵了，他總算是見到了民憤的力量，如果再待在車裏。恐怕得落個被砸死的下場，他只好停車，灰頭土臉的鑽出了車。工人們一哄而上，把他圍在了中間。

「金老闆，給錢，否則今天你就別想走出這道門。」

金河谷看著被砸成那樣的愛車，心裏一陣疼，這可是價值幾百萬的豪車，夠這群工人幾年的工資了，他如何能不心疼，早知會激起民憤，他就不會那麼橫了。齊寶祥和那幾個小痞子已經被打趴下了，金河谷孤立無援，只得同意結工資給他們。

金河谷說道：「我身上沒那麼多現金，這樣子，我現在去取現金，然後來給你們，行嗎？」

李二牛道：「我也不怕你耍賴，金老闆，我知道你們家在蘇城開了好多家珠寶店，如果今天我和我的兄弟們拿不到工錢，明天我就去你的珠寶店鬧去，到時候產生什麼後果，都由你來負責。」

金河谷心道看來是沒法糊弄這夥人了，如果不給錢，他們真的去搶了玉石行，那可就得不償失了，於是就說道：「我向你們保證，一定讓你們今天拿到錢。」

蕭蓉蓉回到警局之後，關上辦公室的門，在房間裏給林東打了個電話，說了一下情況。這時林東已經在回蘇城的路上了，不過他並沒有告訴蕭蓉蓉。

「金河谷搬起石頭砸自己的腳，我看他還怎麼囂張。」

蕭蓉蓉道：「你自己小心點，金河谷不是個省油的燈，把他逼急了，他可是會咬人的。」

林東笑道：「放心吧，只要他不惹我，我絕對不會去惹他。」

掛了電話，林東的心情舒暢了很多，放了一首曲調激昂的音樂，整個人陶醉其中。

回到蘇城，林東第一時間趕到了九龍醫院，羅恒良剛做了一輪化療，此刻非常虛弱，正躺在床上。林東進了病房，瞧見他這幅模樣，心裏十分的難受，握住羅恒良的手，輕聲說道：「乾爹，是我，我來看你了。」

羅恒良睜開了眼，咧嘴笑了笑，想要說話，但卻十分費力，張了張嘴沒說出來。

「乾爹，你好好休息，晚上我陪你吃晚飯。」林東輕聲說道，看著羅恒良閉上眼睛睡著了才站了起來。

走到外面，問了問老護士這些日子羅恒良的情況，老護士說羅恒良非常堅強，積極的配合治療，求生的意志十分強烈。林東心裏微微鬆了口氣，羅恒良能這樣，那麼治癒的希望就更大了。

他去找了負責給羅恒良看病的專家，和專家仔細的聊了聊，問明了羅恒良現在的情況。

「病人現在的情況比較穩定，也很配合我們治療，醫院這邊會給他用最好的藥，林先生，你放心吧。」

等到晚飯的時候，林東特意去食堂要了幾個羅恒良比較喜歡吃的菜，拿到病房裏，二人圍著桌子，邊吃邊聊。羅恒良問起了老家的事情，林東來之前特意瞭解了一下，和他聊了聊父母的近況，也聊了聊中學裏的事情。

吃過了晚飯，羅恒良就趕林東走了，說他一個年輕人不要把大把的時間浪費在他一個老頭子的身上。林東離開了醫院，到一家五星級的酒店開了房，等到晚上八點多鐘，給蕭蓉蓉發了一條簡訊，告訴她他在某某酒店哪個房間。

過了十幾分鐘，蕭蓉蓉才給他回簡訊，「正在執行任務，結束後去找你。」

林東在房間裏等到半夜，他都快睡著了的時候，蕭蓉蓉才趕過來，在門口給他發了條簡訊，讓他開門。

林東下床開了門，蕭蓉蓉豎起了風衣的領子，遮住了臉，進門就嗔道：「死人，你回來了幹嘛不早點告訴我？」

林東的手一拉，蕭蓉蓉就順勢倒進了他的懷裏，「我如果告訴了你，那該多沒意思。」

蕭蓉蓉捶了他一下，「誰要跟你有意思，我走了。」

「來都來了，還走幹嗎，春宵一刻值千金，蓉蓉，咱們得抓緊時間了。」林東笑道。

蕭蓉蓉的臉上通紅一片，羞的耳根都紅了，嘴上說要走，但腳下卻沒有半點離開的意思。林東從後面抱住了她，耳鬢廝磨，逐漸點燃了蕭蓉蓉的愛火……

李二牛等人在工地上等了半天，金河谷卻是走了之後就再也沒有回來。

第二天早上，李二牛已經集結了所有工人，準備履行昨天的諾言，不給錢就去金氏玉石行打砸搶！

一群人浩浩蕩蕩朝工地大門走去，但還沒走到大門口，就看見一輛黑色的商務車開了進來，車裏面下來一個梳著油頭的中年男人，個子不高，一雙小眼十分有神，朝李二牛的隊伍中看了一眼，懶洋洋的說道：「諸位莫急，我給諸位帶錢來啦。」

他個子雖小，但嗓門卻是很大，李二牛和他的兄弟們都聽得清清楚楚。

「發工錢的來了，這下好了。」眾人紛紛低聲耳語起來，一個個都很興奮。

李二牛命令眾人停下腳步，帶著幾個得力的工友上去與這個油頭的男人交涉。

齊寶祥這會兒也從另一所小屋裏跑了出來，見到這個黑衣服的中年男人，十分恭敬的說道：「祝先生您來了，我去叫人給你泡茶。」

這中年男人名叫祝瑞，是金家的老人了，是金家忠心的奴僕，金家大大小小的事情多半都是由他打理的。

祝瑞斜睨了一眼齊寶祥，冷哼了一聲，心道少爺找這樣的人看場子，哪能會有什麼好結果。他心裏厭惡極了齊寶祥，自然沒有好臉色給他看，板著臉，連正眼都沒看齊寶祥一眼。

「請問哪位是工頭？」祝瑞看著面前的幾個大漢，不卑不亢的問道。

李二牛站了出來，往前走了一步，「老闆，我叫李二牛，是這裏的工頭。」

祝瑞點點頭，緩緩說道：「按我手裏的點工冊統計，連你在內一共有一百一十三名工人。總計工時三千八百九十五小時，我帶來了錢，現在交給你，由你下發給你手下的弟兄。」

李二牛道：「老闆，麻煩你等一下，剛才報的數是你們統計的，我還得和我的弟兄統計一下。咱們賣力氣的歷來都這樣，你也別見怪。」

李二牛說的沒錯，任一個工地，其實都不止一個點工冊，除了有一個總的之外，下面的每一個工人手裏頭都有自己的一個小本子，每上半天工就會在上面記一筆。

祝瑞倒是顯得很有耐心，點了點頭。

雖然剛才不受待見，但祝瑞在金家的地位超凡，所以齊寶祥依舊表現得很熱情。估計這裏的事情一時半會結束不了，祝瑞不可能很快就走，於是就從屋裏拿來了一張凳子，用袖子抹了抹，「祝先生，您請坐。」

祝瑞看了一眼，那凳子雖然被擦過了，但一眼看去仍是有些灰塵，不禁搖了搖頭，一臉的厭惡。

齊寶祥也倒是個眼尖的人。瞧見祝瑞這副神情，也不知是討厭他還是討厭這張凳子，但是不管怎麼樣，要做戲就得做足了，立馬將身上的衣服脫了下來，蓋在凳子上，恭敬的說道：「祝先生，這下不髒了。我這衣服是昨日剛洗的，乾淨著呢。」

祝瑞點了點頭，所謂伸手不打笑臉人。齊寶祥對他如此的低三下四，著實也讓人動容。祝瑞心想，看來這小子能得到少爺的重用也是有原因的，只不過少爺用錯了人罷了，現在都什麼時代了，怎麼能用這種地痞小流氓約束這群工人？沒事也得惹出事情來。

李二牛走進了人群裏，說道：「各位弟兄趕快回去把記工的小本子拿過來，咱們合計合計總工時。」

工人們回到鐵皮屋裏從枕頭下面摸出了小本子，一個一個又都回到了原地。李二牛讓這一百多號人排成長隊，由他從前往後挨個的統計。好半天之後，才拿著統計好的結果走到祝瑞的面前。

「老闆，你統計的工時沒錯。」

祝瑞從商務車裏提出了個皮箱，往地上一扔，「工錢就在裏面，沒什麼事情我就走了。」

「等等……」

李二牛立即開口攔他。

祝瑞眉峰一跳，面露不悅之色，「怎麼，工錢不都給你們了嗎，還有什麼事？」

李二牛道：「昨天大老闆開車撞壞了我一兄弟的腿，那兄弟現在還在醫院躺著呢，工錢算是結清了，接下來我要和你算算這筆賬。」

「有這事？」

祝瑞扔掉了煙頭，朝齊寶祥望去。

齊寶祥猶豫了一下，老老實實的點了點頭，隨後又說道，「祝先生，金爺是開車撞傷了一個，不過他們也把金爺的車給砸了。這群刁民，他們十條命也比不上金爺那輛車值錢，還敢跟你要醫藥費，我看就是欠抽！」

「你說什麼？」

李二牛身後的工人們聽到了齊寶祥的話，馬上就炸開了鍋，立馬變得群情激奮，走上前來，挽袖子就要跟齊寶祥動真格的。齊寶祥昨天已經領教了這幫工人們的厲害，真要是動起手來，他們這幫打慣了架的小混混們根本比不上李二牛的這幫弟兄下手狠。

齊寶祥立馬縮了頭，躲在祝瑞的身後，不敢再作聲。

人多力量大，李二牛有這一百多號弟兄撐腰，所以心裏也沒什麼好害怕的，繼續跟祝瑞交涉，「老闆，現在在工地上受傷就算是工傷，若是工傷也就罷了，但我兄弟是被大老闆故意開車撞傷的，我若不為他討個說法，弟兄們沒法咽下這口氣，請你給個說法。」

祝瑞心裏暗罵金河谷做事糊塗，瓷器不跟瓦片鬥，少爺怎麼跟這幫泥腿子也叫板，連累了豪車被砸了不說，還要賠錢。本來他今天過來還有一個目的，那就是勸說這幫工人留下來，他們一走，工地勢必要停工，這損失對金家才是最大的，而從現在的情況看來，金河谷傷了人，造成了無法調和的矛盾，這夥人是萬萬不肯留下來的了。

祝瑞心裏暗歎，早知道還有這種情況，他今天就不該親自走一趟。

「老闆，請你給個說法！」

祝瑞用眼角的餘光看了看，四周已被工人們包圍了，看來若是不給個讓他們滿意的說法，他今天也很難安然離開此地。祝瑞遞了一支煙給李二牛，李二牛卻擺擺手不肯接受。

試探了工頭李二牛的態度後，祝瑞就更加確定如果現在不把金河谷撞傷人的事情解決，他就無法離開這裏的想法，於是就笑道：「工頭，那你說說給個什麼說法？」

李二牛道：「我那弟兄上有老下有小。一家子七八張嘴等著他養活，他是家裏的頂樑柱。現在被撞斷了腿，半年之內肯定是沒法幹活了，但是他家裏的老人孩子還得靠他養活，醫藥費加上誤工費都得由你們承擔。」

祝瑞點點頭，「合理，你給個數字吧。」

李二牛當面給他算了一筆賬，「就以半年為期，算一百八十天，我們現在的工資是每天二百，一百八十天就是三萬六，這是誤工費，醫藥費你們再給一萬，一共是四萬六。」

祝瑞搖搖頭，「賬不能那麼算，如果你的弟兄不受傷，我想他也不可能在這半年之內每天都幹活，他總有休息的時候吧。至於醫藥費嘛，我覺得也花不了一萬，你的弟兄受傷之後應該會送老家去養傷吧，我估計也就是三四千的事情。工頭，我也不跟你多囉嗦了，總共給你三萬，如果談不攏，我想咱們就通過法律途徑解決吧。」

祝瑞作為金家管家級的任務，從來都是個精打細算的角色，一開口就把李二牛說的數字砍掉了三分之一。如果真的鬧上了法庭，祝瑞知道勝方一定是他們，所以他根本不害怕李二牛不同意。

李二牛陰沉著臉，對祝瑞說道：「你等會兒，這事我得問問我的弟兄。」他走到一邊，拿出手機給昨天受傷被送進醫院的弟兄打了個電話，把這邊的情況跟他們講明了，那人也知道真要硬鬥是鬥不過金家的，於是只好同意了祝瑞開出的數目。

李二牛收了電話，走到祝瑞身前，「老闆，我兄弟同意了，不過他有個要求，那就是給現錢。」

祝瑞笑了笑，從車裏拿出了一個皮包，從裏面抽出了三疊鈔票，丟給了李二牛，「三萬塊，你過過數。」

李二牛數了數，正好三百張，然後又打開了皮箱子，把裏面的錢數了幾遍，也一分不少，這才帶著工人們回了鐵皮屋收拾東西準備離開這裏。

看著李二牛等人遠去的背影，齊寶祥憤憤不平的說道：「祝先生，您怎麼能那麼就讓他們走了？」

祝瑞冷冷看著他，「不是我讓他們走了，而是他們讓不讓我走，不把錢給他們，難道還等著他們把我的車也給砸嘍？」

齊寶祥一時語塞，被問得說不出話來，臉漲得通紅。

中午的時候，李二牛就帶著所有人從鐵皮屋裏走了出來，大傢伙每人身上都背著大包，有序的排成了三列。李二牛走在最前面，嘴裏叼著一根煙，臉上的表情看上去有點神氣。

他這次替工人們要到了工資，還把受傷的那位兄弟的賠償金給要到了，大大的提高了他在工友們心中的威信，他這個工頭做得更穩當了，大夥也都願意跟著他幹活。

「二牛哥，咱們接下來去哪兒？」走在李二牛身旁的一名工人問道。

李二牛道：「去車站啊，還能去哪兒。」

那人擺擺手，「我不是說那個，我是說去什麼地方幹活。」

李二牛道：「你說的是這個啊，去溪州市，不遠，到了火車站，上了火車半小時不到就到了。我跟你們說，這回給大夥找的活可不錯，工資比這裏每天多十五塊，而且一天三餐頓頓有肉吃。」

眾人都興奮了起來，忙問他是什麼工程。

李二牛道：「是公家的一個工地，好像是建什麼租房的。」

李二牛帶著眾人要去的地方正是林東在溪州市的公租房專案的工地，說來也巧，李二牛正好有個好哥兒們在林東的工地幹活，以前就跟李二牛提過這事，邀請他過去，但當時李二牛已經接下了國際教育園的工作，脫身不得。昨天打算離開之後，立馬就想到了那哥兒們，打電話問他那邊還要不要人。他那哥兒們也是個熱心腸的人，立馬就找到了任高凱，問他還要不要人。

任高凱正愁著工程的進展速度不夠快，現有的工人們已經在日夜趕工了，正想著要再找些工人過來，聽說有一百多號人過來，自然萬分高興，當場就說有多少要多少，讓他們通通過來。

那人給李二牛回了電話，讓他帶人過來。

李二牛和他的人走了之後。金河谷的工地立馬就陷入了停工之中。金家有的是錢，但這年頭四處都在開工，找工人很難，工地耽誤一天就是少賺一天的錢，他只有發動手下，四處去找人來幹活。

而令林東沒有想到的是，他略施小計的報復居然收到了如此好的效果。讓金河谷賠了夫人又折兵。

第三章

龍鳳團茶

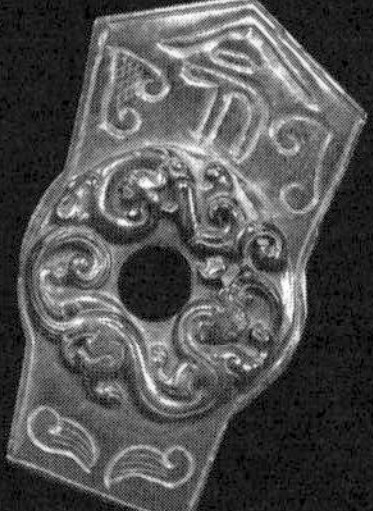

吳長青道：「龍鳳團茶是北宋的貢茶。

在北宋初期製造一種皇家專用的茶，茶餅上印有龍鳳形的紋飾，就叫龍鳳團茶。

至朱元璋的天下安定之後，下詔罷造龍團，這龍鳳團茶遂成了歷史的絕唱！

龍鳳團茶失去了它的欣賞者。昔日茶園一片凋零。

又經過數百年，連製作龍鳳團茶的工藝都失傳了。

據說有人翻經找典，企圖重新生產這種歷史名茶，卻不知是否能如願。」

周雲平得知工地上突然多了一百多號人，一打聽才知道原來是從蘇城國際教育園的工地上過來的，於是他就特意找了工頭李二牛過來問問情況，這才明白了林東的用意，心道原來一個假的炸藥包能有那麼大的威力，老闆的手段果然高明。

周雲平把這個消息回饋到了林東那裏，林東這才知道，不禁有些意料之外的驚喜。對於新來的這一百多號工人，林東特意交代了任高凱，讓他好生對待，維護好感情。

羅恒良的病情非常穩定，因為羅恒良在蘇城的原因，林東回蘇城的頻率增大了許多，去金鼎投資公司的次數也有所增加。這一天，林東剛到公司不久，就有個送快遞的找上了門。

「請問林東是哪位？」

這送快遞的進了資產運作部一部的辦公室裏，冒冒失失的問道。

「你找我們老闆有什麼事嗎？」離門最近的一名員工問道。

這送快遞的年輕人沒好聲氣的說道：「廢話，當然是送快遞了。」

那名員工指了指林東辦公室的門，懶得跟他說話。送快遞的年輕人抱著個盒子大搖大擺走進了林東辦公室的門，問道：「你就是林東嗎？」

林東正在低頭看文件，見有人沒敲門就進來了，心裏有些不悅。抬頭一看不是公司的員工，壓住了火氣，「我是，請問有什麼事嗎？」

那送快遞的把懷裏的盒子往林東的辦公桌上一放，「我說你們這些白領怎麼都那麼弱智，我們除了送快遞還能找你們有啥事，快簽收吧你，我還有很多件要送呢。」

林東拿起筆在運貨單上簽收完畢，那人撕下運貨單就走了。

林東不知道是誰給他寄來的快遞，因為之前根本就沒有得到消息，看了看發貨的地址，竟然全是英文單詞，是個國際快件。他想在國外他認識的也就兩三個人，難道會是麗莎，還是溫欣瑤呢？

令他失望的是，快件既不是從英國，也不是從美國發來的，而是從瑞士發來的。

「瑞士？」

林東不記得他在瑞士有認識的人，心想管它從哪寄來的，拆開看看裏面是什麼東西再說。拆開盒子，打開層層包裝紙盒，發現裏面是一部手機，一部他曾見過的手機。

他拿起電話給陸虎成打了過去，「陸大哥，那部價值五十萬的手機我收到了。」

陸虎成在電話裏笑道：「那麼快啊，我都還沒來得及通知你。」

「著實嚇了我一跳，我還以為是越洋的包裹炸彈呢。」林東開玩笑說道。

陸虎成道：「好了，不跟你聊了，我在開車呢，你先熟悉熟悉吧。」

林東開機玩了一會兒，覺得甚是無趣，因為這部手機除了那些本不該是手機具備的功能之外，沒有任何的娛樂性，與他手裏現在用的手機相比，既不方便攜帶，也不美觀。

林東心想就暫時放在抽屜裏吧，說不定哪天就用上了。但放進抽屜一會兒之後，他又覺得東之高閣太糟蹋這神器了，應該讓物盡其用，讓這部手機發揮它的功能，林東想到了一個人。

他給馮士元撥了個電話，問道：「馮哥，晚上有時間嗎？」

馮士元道：「老弟，你是大忙人，我哪有你忙啊，我一個閒人什麼時候都有時間。」

「好，那晚上碰個面吧，我有東西送給你。」林東說道。

馮士元道：「好啊，今晚萬豪見，我做東。不過我說兄弟啊，離我過生日還早呢，你現在送我什麼禮物啊？」

林東笑道：「你過生日我什麼時候送過禮物？別自作多情了。」

「那到底是啥玩意呢？」馮士元對林東要送他的禮物十分感興趣。

林東說道：「別問那麼多了，反正是你喜歡的。」

掛了電話，馮士元皺眉琢磨了一會兒，覺得林東可能是要在他的營業部開些戶頭，幫他完成這一年度的業績。這個禮物正是他現在所需要的，覺得非常有可能是這樣，於是就讓秘書提前去萬豪定好了包廳。

等到下班之後，林東把手機放進手提包裏，提著包離開了公司。到了萬豪，馮士元也剛到，二人在電梯口遇見了。

見了面之後，馮士元倒是不急著問林東到底給他帶來了什麼禮物，反而是一個勁的倒起了苦水。

「唉，行業蕭條，證券業不景氣啊，這看天吃飯的行情害死人了喲，我的營業部今年有新增兩個億的指標，這都快五月份了，新增資產連五千萬都不到。他娘的，現在這幫做業務的年輕人，哪比得上你們那批人厲害，一個個只知道向老闆提要求，卻不知道多幹事。」

馮士元話裏的苦味十足，就像是打破了苦膽似的，他現在的心思根本不在公司上面，對公司的管理鬆懈了許多，所以才導致今年的業績特別差，他對此是有很大責任的，但為了完成業績，他只有倒苦水向林東發信號，意在告訴林東，兄弟，你該伸出援手了。

林東就是從元和證券裏出來的，對那兒的情況他十分了解，至於馮士元所說的話的真假，他覺得倒是可以只聽七分。馮士元的能量他是清楚的，別說兩個億，就算是翻個倍，他也有辦法完成。

林東謹記今天和他吃飯的目的，只是來送禮物的，當然如果馮士元真的沒他的援助就不行了，他也會毫不猶豫的施展援手，「馮哥，咱今天吃什麼菜呢？」

馮士元見他有意繞開話題，也就不再提了，說道：「今天是我做東，兄弟你想吃哪個菜系的菜咱就吃哪個，一切都由你做主。」

「那就粵菜吧，萬豪有個做粵菜的大廚很厲害的。」林東笑道。電梯到了八樓，二人從電梯裏走了出來。

馮士元是粵人，在粵地生活了幾十年，對粵菜那是最習慣不過的了，知道林東這是照顧他的口味，連忙說道：「兄弟，你沒必要這麼照顧我的口味啊。」

林東擺擺手。「馮哥啊，你別誤會了，我真的不是照顧你的口味。我什麼菜系的菜都吃，只要好吃就成。」

既然林東都那麼說了，馮士元也就不再說什麼了，帶他進了秘書下午就已預定好的包廂。問女侍要了粵菜的菜單，馮士元一口氣念了十來道，外加兩道湯。

「好了，剛才我說的你都記下了吧。」馮士元把菜單往桌上一丟，靠在椅背上，閉著眼睛說道。

在一旁的女侍恭敬的說道：「老總，都記下了。」

馮士元揮揮手，「你們都出去吧。」

領班明白他的意思，帶著幾名女侍離開了包廂，在門外候著。

林東打開公事包，從裏面把裝著手機的盒子拿了出來，放到桌面上，轉到馮士元的面前。

馮士元聽到了聲音，睜眼一看，兩隻眼睛精光一閃，驚喜的拿起盒子，就像是看到寶貝似的，驚聲問道：「好兄弟，開普勒的手機你是從哪兒弄來的？」

林東笑道：「這玩意叫開普勒嗎？」

馮士元連連點頭，摩挲著盒子，兩眼發光。指著盒子上的一行字母說道，「可不是嘛，上面不是寫著了嘛。」

林東搖搖頭，「我哪裏認識那玩意。」

馮士元道：「兄弟，你說要送我的禮物，不會就是這個吧？」

林東點點頭，對於馮士元那麼大的反應倒是有點吃驚，雖然這東西要五十萬，但以馮士元的身家來說，應該還不至於要為區區五十萬而大驚小怪，「對，就是這東西，不過咱可說好了，如果我啥時候需要用，你可得給我用用。」

馮士元不等林東把話說完，已經把盒子打開了，取出了裏面的手機，一臉抑制不住的興奮。

「好東西啊，有了這玩意，我就是進了原始森林也不怕迷路了。」

林東看得出馮士元對這部手機有些瞭解，也非常的喜愛這部手機，心想是送對了人，這東西送給馮士元，總比在他手裏埋沒了好。

馮士元整顆心都在這部手機上面，有了這玩意，他完全忽視了林東的存在，眼睛裏只有開普勒手機的存在，把林東晾在一旁，不聞不問。搗鼓把玩了半天，這傢伙終於將手機放下了。

這時，領班在外面輕輕的扣了幾下門，聲音十分的甜美，「老總，是否可以上菜了？」

馮士元大聲道：「上菜吧，快餓死了。」

就聽外面腳步聲急促，不一會兒，十幾道菜就依次擺上了桌。領班徵求了一下馮士元的意見，問是否需要留下女侍服務，馮士元擺擺手，說留個人在外面候著就行。

馮士元開了酒，給林東倒上。二人推杯換盞，邊吃邊喝。

「兄弟，告訴我，這開普勒的手機你是哪來的？」馮士元的表情略帶嚴肅。

林東如實答道：「是我一個朋友送的，怎麼了？」

馮士元歎道：「你那朋友不簡單啊。開普勒是一家地下公司，他們生產的東西是出了名的貴，也是出了名的好，顧客大多數都是世界各國的雇傭兵，或者是殺手之類的，好些恐怖分子對開普勒的產品十分喜愛，素有地下軍工第一品牌的稱號。」

林東驚愕的看著馮士元，嘴巴張得老大，沒想到這部手機有那麼大的來頭，這就不只是貴的問題了。

馮士元繼續道：「正因為開普勒客戶群體的特殊性，所以想要買到開普勒的產品也並非那麼容易的。正如國內的許多高檔會所是會員介紹制一樣，開普勒產品的銷售也是如此，如果沒有信得過的老客戶介紹，根本就不可能買到他們的產品。」

林東心中震驚，陸虎成難道還會有其他不為人知的背景？他不敢往下想。

「所以啊，送你手機的那位朋友不簡單啦，要這東西貴不貴？五十萬一部當然貴了，但我馮士元拿不出五十萬嗎？要是真的光五十萬就能買到，這手機我早就買了。錢我是有，但是我沒有那關係。林老弟，托你的福，我總算也能用得上開普勒的產品了，等我下次南下去滇緬，有了這玩意的幫助，我就不怕找不著路了。」

馮士元對這部手機愛如珍寶，拿在手中愛撫著，就像是撫摸最親密的愛人似的。

「馮哥，上次你九死一生，怎麼還要去？」林東十分不解的問道。

馮士元嘿嘿笑了笑：「人生在世，其實有些東西你會看得比命還重要，我馮士元上無雙親可孝，下無兒女可育，連個老婆都沒有，孑然一身，死就死了。如果再沒有點追求，我活在這世上還有什麼意思？」

馮士元這話說得未免太過淒慘，聽得林東心裏酸酸的難受。

「馮哥，以你的條件，為什麼就不找個對象，好好過日子呢？」

馮士元擺擺手，意味深長的道：「兄弟，人各有志，咱倆的追求不一樣。我從小在孤兒院長大，自幼便習慣了沒有親人的生活，從小到大，除了一幫朋友之外。便只有孤獨與我為伴，聽著淒慘，其實我倒是覺得現在的生活很不錯，無拘無束，了無牽掛，想做什麼做什麼。活得瀟灑自如，有什麼不好的。你說是吧？」

他喝了口茶，瞇眼含笑看著林東。

林東微微搖了搖頭：「人各有志，咱倆追求的還真不一樣。」

「不管怎麼，咱們是好兄弟，來，把這酒乾了吧。」馮士元端起酒杯，朗聲道。

林東端起了杯子與他碰了一下，仰脖子一口乾了。

一瓶酒喝完之後，馮士元佯裝醉了，先是說了一番感謝林東送他開普勒手機的話，而後又借機向林東尋求另一方面的幫助，大倒苦水，什麼世道艱辛，團隊難帶之類的話。

林東豈會不知他的想法，索性幫人幫到底，讓他不要著急，等到年底的時候，元和蘇城營業部差多少指標沒有完成，到時候他一力承當。馮士元聽了這話，連忙道謝，心裏開心得很啊！有了林東今天的承諾，他就更不必在公司上面花多少精力了，就等著休息休息，不日後再次出發前往滇緬。

飯後，二人坐到沙發上繼續聊，馮士元依然沒有放棄他遊說林東去滇緬尋寶的打算，再一次鼓起他的如簧之舌。

「兄弟，第一次失敗之後，我痛定思痛，總結了失敗的原因，發現最大的原因就是我太衝動了，準備得不夠充分，一個人背上行囊就出發了。唉，有了上次失敗的經驗和教訓，我覺得我成熟了許多，也更有把握了。」

林東品著茶，任憑馮士元怎麼說，他就是不表明態度，想借此讓馮士元明白他並不想參與進去。

「下次出發之前，我一定會做好準備，光靠我一個人的力量是遠遠不夠的，就算我渾身是鐵，打得多少釘兒呢？我要組織一個冒險者團隊，廣邀志同道合的朋友一起參加，這樣我達成所願的希望就會大大增加。」馮士元信心十足的道。

「馮哥，出於朋友的角度我得奉勸你幾句，人心隔肚皮，很難猜測的，你要找團隊一起南下，但倉促之中，找來的又都是一些不認識的人，他們信得過嗎？南疆不毛之地，萬一途中發生了衝突，或是有人起了歹心，幹掉你都是極有可能的，你不得不考慮清楚。」

馮士元默然許久，「你說得對，算了，既然你不願意與我同去，我也不再勉強你了。老弟，祝我好運吧。」

林東笑道：「馮哥，如果你執意要去，那麼我只能祝你好運，當然，我真的希望你可以不要冒這個險。」

聊到這種地步，二人也沒什麼可聊的了，馮士元站了起來，「不早了，走吧。」

林東跟著他離開了包廂，二人在車庫道了別，各自開車往不同的方向去了。

還沒到家，林東本想早點回去把蕭蓉蓉叫過來的，卻在半路的時候接到了一個電話，是左永貴打來的。

電話接通之後，就聽電話那頭的左永貴聲音洪亮，似乎又恢復了昔日的神采，林東記得剛認識左永貴的時候，那時候左永貴說話的聲音就是這樣。

「喂，老弟啊。在哪兒呢？」

林東沒有直接告訴他現在就在蘇城，問道：「左老板，有啥事嗎？」

左永貴哈哈笑道：「我倒是沒事，還記得我老叔嗎？昨天我去他那兒抓藥，他老人家向我提起了你。你沒去找他，我老叔很關心你哩。」

林東這才想起吳長青這個蘇城名醫來，只是這些日子俗務纏身，倒是把吳長青那次要他有時間去醫館找他的話忘在了腦後，吳長青乃醫林聖手，是德高望重的長輩，本該主動拜訪，卻要老人家主動提起，林東不禁大感愧疚。

「左老板，我現在人就在蘇城，很想去拜見拜見吳老先生。對了，老先生喜歡什麼？我總不能老是空手登門。」

左永貴哈哈笑道：「我老叔講究養身，煙酒一律不沾，補品也都不吃，我看這樣吧，你給他帶盒茶葉過來，他喜歡喝茶我是知道的。」

林東道：「那好，我現在就去辦。左老板，明天上午我去拜會吳老先生。」

左永貴道：「好，那我今晚早些睡覺，明天陪你一道過去。對了老弟，我還得多謝你啊，幸虧是聽了你的建議，答應了陳美玉的要求，現在我省心多了，手上所有的店面都是日進斗金，每天都有大筆的進賬，這日子過得真是舒坦啊。」

林東從來沒有懷疑過陳美玉的能力，左永貴的生意在她的打理之下肯定會蒸蒸日上。想到當初左永貴聽到陳美玉要分他一半股份消息時臉上難看的表情，再想想左永貴現在這副樂滋滋的模樣，心中不禁感慨萬千，這世上真的是沒有永遠的敵人和朋友，而只有永恒的利益關係嗎？

「左老板，好了，不跟你多說了，我去買茶葉去了。」

掛了電話，林東開車直奔傅家琮家裏去了，對於茶葉，他素來沒有研究，送給吳長青的東西，不能馬虎大意，他想傅家琮應該是對茶葉頗有研究的。林東在集古軒喝過幾次傅家琮泡的茶水，只覺茶香清香悠遠，回味綿長，喝完之後，齒頰留香。

開車到了傅家門口，林東抬手往漆著紅漆的朱門上敲了敲，不一會兒，傅家的傭人就過來把門開了。

「哦，是林少爺啊，快請進吧。」林東來過傅家幾次，傭人都已認識了他。

林東說了聲謝謝，邁步朝院子裏走去，傅家琮出屋相迎。

「小林，怎麼這個時候來，幹嘛不在晚飯前來？」

傅家琮握住林東的手，把他當做自己的親侄兒一般，帶進了屋裏。

林東開門見山的說道：「傅大叔，我來是找你幫忙的，你對茶葉有研究嗎？」

傅家琮點點頭，「你算找對人了，你大叔我平生最愛養花弄鳥潑墨煮茶。」

林東道：「那好，你跟我走吧，幫我去茶莊選盒好茶。」

「年輕人，稍安勿躁。」傅家琮見林東急著要走，壓了壓手掌，示意林東坐下。

「是送給什麼樣的人？」傅家琮問道。

林東如實答道：「是個德高望重的老者。」

「懂茶嗎？」傅家琮又問。

林東點了點頭。

傅家琮道：「要尋好茶何必去茶莊，你等著，我給你拿來。」

「傅大叔，這怎麼好意思。」林東趕忙拉住傅家琮，他從傅家琮這裏拿東西，肯定是沒法談錢的，越是這樣，他倒是覺得難做。

傅家琮明白他的心思，拿開了他的手，「你小子，跟我還客氣啥？等著吧。」

說完就上了樓。

下人給林東送來了茶水，林東端起來喝了一口，就知道這茶不是傅家琮泡的，無論是色澤還是茶香都要差許多。

不一會兒，傅家琮就踩著木樓梯下來了，手裏拿著一個圓形的鐵盒子，走過來交到林東手裏。

這圓形的盒子很薄，只有兩釐米不到的厚度，至今大概在七八釐米左右，看上去樸實無華，實在是看不出是什麼好東西。

「傅大叔，這裏面裝的是茶葉嗎？」

傅家琮笑道：「可以說是，也可以說不是，只要你送的人是真的懂茶，那麼這件禮物就絕對不會給你丟人，你大叔我有這個信心。」

既然傅家琮那麼說，林東也就不再多問了，他相信傅家琮是不會騙他的。

「老爺子最近還好嗎？還在外面雲遊嗎？」林東之前來了幾次都沒見到傅老爺子，不禁問道。

傅老爺子自從那次外出尋找崑崙奴之後一直沒有歸家，偶爾會打個電話回來，傅家琮知道父親肯定是還沒有找到崑崙奴。

「老爺子閑雲野鶴慣了，經常不在家，不過身體好得很，你無須掛念。」

林東也沒瞧見傅影，但對方畢竟是女孩家，他也不好向傅家琮直言相問，倒是傅家琮像是瞧出了他的想法似的，主動跟他提起了傅影的情況。

「小影又去苦竹寺了，這家裏就剩我和她媽媽，唉，冷清啊，你若是有空，就多到家裏坐坐，我和你阿姨都歡迎。」

林東點點頭，「傅大叔，時間不早，那我就不打擾你休息了，告辭了。」

傅家琮將他送至門外，二人握手道別。

開車回到家裏，林東才把傅家琮送他的那個圓形的鐵盒拿出來仔細看了看。鐵盒說不上精美，卻有一種樸實無華之美，尤其是蓋子上那副飛龍戲鳳的圖案，非常的逼真傳神，看樣子不像是印上去的，而是畫上去的。林東心想果然是傅家出來的東西，怎麼都透著一股古味，莫非也是個古董？

想到這裏，林東心裏一面念著傅家琮的好，一面對這個鐵盒子重視了起來，輕手輕腳的把它放好。至於鐵盒子裏面的茶葉，他倒是沒有打開看看，因為他知道自己不懂茶，根本分不出好壞，看不出門道的。

洗漱了之後，林東躺在床上給蕭蓉蓉發了一條簡訊，告訴她他回來了。

蕭蓉蓉很快就給他回了簡訊，告訴林東她今天身子不方便，大姨媽來了，就不過去了。

收到簡訊，林東微微有些失望，把手機扔到一邊，蒙頭睡了過去。

第二天早上八點多鐘，左永貴就打來了電話，無比熱情的問道：「林老弟，起來了沒，沒忘了今天的事吧？」

林東已經收拾了妥當，正準備從家裏出發，笑道：「那怎麼能忘，拜見吳老是多麼重要的事情。左老闆，咱們在哪裏碰頭？」

左永貴笑道：「我剛到迎春樓，準備在這吃點東西，林老弟，你要不也過來吧，迎春樓的早點冠絕蘇城，絕對好吃。」

正好林東還沒吃早飯，迎春樓就在去吳長青醫館的路上，很順路，就立馬答應了下來，「好，那麻煩你稍等片刻，我現在就開車過去找你。」

掛了電話，林東急急忙忙要出門，本來想找個漂亮的袋子把傅家琮送的那盒茶裝進去的。但在家裏找了一圈，也沒有發現能與那圓形鐵盒搭配的袋子，只好胡亂拿了個袋子，把鐵盒往裏一裝，提著東西下樓去了。

已經過了上班高峰期，林東一路上開車開得還算順暢。二十分鐘就到了迎春樓。迎春樓是蘇城非常有名的地方，素有「蘇城早點第一家」的美名。三層小樓沿用的是明代風格的建築，白牆青瓦，小河繞牆而過，門前兩株古柳迎客而立，細枝隨風飄盪，青青的柳葉片兒似美人的髮絲，散發出淡淡芬芳。

他停好車之後就進了店裏，踏著木質的樓梯上了二樓。到了二樓一眼就看見了左永貴。左永貴挑了一個臨窗的位置，桌上已經擺了一桌的早點。蝦餃、燒賣、包子、油餅……

「喲，林老弟，快過來坐，瞧，都還熱乎著呢，都是剛上的。」

左永貴瞧見了他，起身相迎。

二人坐定，左永貴給林東面前的小碟子裏倒了點醋，指著滿桌的早點說道：「也不知你愛吃什麼，我就把每樣都要了一點。林老弟，咱們敞開肚皮吃吧。」

林東早聽說過迎春樓的早點好。但一直沒有來吃過，今天既然來了，也就抱著一品美食的心態，不客氣的吃了起來。這迎春樓的東西應該是不錯的，每樣都做得非常精細，口感和色澤俱佳，不過卻不符合林東的口味。他是吃懷城菜長大的，口味喜鹹不喜甜，迎春樓的麵點多數都帶點甜味，極具蘇城特色，所以他並未吃出有多好來，反而在心裏與大廟子鎮上的辣湯比了比，倒是覺得那五毛錢一碗的辣湯足以秒殺這裏所有的早點了。

左永貴是道地的蘇城人，吃得很香，一邊吃一邊給林東介紹迎春樓的歷史，「這個地方早在元末就有了，瞧見門前的兩棵大柳樹沒？好幾百年歷史了。剛開始的時候根本沒有這個樓，迎春樓的老祖是在柳樹下賣早點的，後來生意越做越紅火，覺得這兩棵柳樹是他的福星，於是便買了這塊地，等到他的孫子的時候才在此處建了樓，才有了迎春樓這個名字。乾隆皇帝幾次南巡，每次造訪姑蘇，都會駕臨迎春樓，嘗一嘗這裏的早點。」

「迎春樓從路邊小攤變成蘇城家喻戶曉的早餐店，咱們做生意的也該如此，積少成多，要學會積累，以誠信示人，總有一飛沖天的時機。」林東聽了左永貴的話，卻說出了一番道理，左永貴立馬就知道這兄弟心裏想的跟自己不一樣，於是也就不再大談特談迎春樓的歷史了。

左永貴見林東慢條斯理的喝著碗裏的雞湯，就知道這裏的東西不是很符合他的口味，於是就說道：「林老弟，是不是不合你的胃口，要不咱們換個地方？」

林東擺擺手，「不必不必，我吃了不少了，早上沒什麼胃口，這裏的早點真的很好。」

左永貴嘿嘿笑了笑，說道：「林老弟，不知你有沒有進商會的想法？」

「商會？」

林東愣了一下，「什麼組織？」

這倒是讓左永貴愣了，這兄弟怎麼連商會都不知道呢？

「我說的商會是蘇城的商會，十三行每一行都有一個組織，商會呢就是服務咱們商人的組織，說白了也就是各路商人交流資訊的地方，當然裏面也是分等級的，最大的是會長，下面還有什麼理事什麼的，最差的就是會員了。」

林東細細的聽了，問道：「左老闆，你問這個幹嗎？」

左永貴呵呵一笑，「還能幹啥，希望你也能加入唄，沒壞處的，倒是個交流資訊的好地方。」

林東記起剛畢業那年看過的一份報導，是關於蘇城商會的，於是便問道：「左老闆，前兩年蘇城有一段時間米價、油價飛漲，跟商會有關吧？」

左永貴早就入了會，這事情他是清楚的，點了點頭，「對，是那幫搞糧油的人一起合謀哄抬物價的，不過現在不行了，上面查的嚴。林老弟，你看啊，這就是加入商會的好處，掌握了資源的人可以輕易達到自己想要的目的。」

林東冷冷一笑，「這樣的商會不加入也罷。」

一句話把左永貴下面要說的話堵死了，左永貴本想遊說林東加入商會的，有他引薦，加上林東本身的實力，加入商會並不是件難事，不料林東卻對加入商會提不起一點興趣。

「老弟，這話在我跟前說了也就罷了，人多的時候，千萬不要這麼說，容易引起公憤的。」左永貴好言相勸道。

林東點點頭，「我自有分寸。」他明白加入商會的好處，可以資訊共用、資源分享，還可以發展很多人脈，但對於加入蘇城這小小的商會他並無興趣。

左永貴抽了兩張紙巾擦了擦油嘴，說道：「吃好了沒？」

林東站了起來，「咱們走吧。」

二人一前一後下了樓，各自取了車，左永貴在前面帶路。到了吳門中醫館，左永貴帶著林東把車開到了後院。下車之後。他見林東手裏提著個塑膠袋子，裏面裝了個圓形的鐵盒，好奇的問道：「老弟，這就是你帶給我叔的禮物？」

林東點點頭，「是啊，怎麼了？」

左永貴笑了笑，「你也太不把我叔當回事了吧，提這東西送給他還不如空手呢，送車裏吧。」

林東尷尬的笑了笑，他也覺得有些拿不出手，但東西是傅家琮給他的，而且傅家琮信誓旦旦的告訴他愛茶之人見了一定會喜歡。他對這東西沒什麼信心，但是對傅家琮很有信心。

「東西雖然不大好看，但裏面的茶葉是好茶，都帶來了，怎麼著也得送出去。」林東笑道。

左永貴歎了口氣，「早知道這樣，倒不如我從家裏給你帶一盒來了。」

吳門中醫館很大，一共有五層，整個一樓是個大大的藥堂，隔了很遠也能聞到裏面濃郁的藥材味道。上面幾層都是醫生坐鎮的地方，吳長青就在二樓，二人從樓梯上去，左永貴對這裏輕車熟路，很快就帶他來到了吳長青的門前。

裏面有個病人正在就診，二人就在門口等了等。期間左永貴忍不住煙癮了，煙都拿出來了，放在鼻子下面聞了聞又放進了煙盒裏。他膽子再大也不敢在這裏抽煙，吳門中醫館嚴禁喧嘩與抽煙，這規矩他是知道的。

等了半個多小時，那病人才從吳長青的診室裏走出來。左永貴立馬推門進去了，「老叔，林老弟來了。」

林東走了進來，彎腰朝吳長青鞠了個躬，「吳老，林東早該來看你的，讓你惦記，愧不敢當，實在不該啊。」

吳長青臉上掛著長者祥和的微笑，「小林，不必客氣，快請坐吧。」

林東把鐵盒拿了出來，雙手放在吳長青的桌上，「吳老，倉促之間沒什麼準備，略備了點薄禮，聊表心意，請不要見怪。」

吳長青瞥了一眼，馬上就凝目細細打量了起來。左永貴在旁邊咳了一聲，笑道：「老叔，這盒子有啥好看的？不就是個……」

他本想說「破鐵皮盒子」的，但考慮到林東在場，他不能讓林東臉上無光，於是就把到了嘴邊的話硬生生吞了回去。

「你懂什麼，老老實實坐那兒去。」

吳長青看都沒看左永貴一眼，把鐵盒子拿在手中，像是看寶貝似的，翻來覆去的看個不停。

左永貴被他喝斥了一句，老老實實地在沙發上坐了下來。他知道老叔是見過世面的人，不會對一般的東西那麼上心的，瞧那鐵皮盒那麼古舊，心想難不成是件寶貝？

「這盒子你是從哪裏得來的？」

過了半晌，吳長青方才開口問道。

林東聽他那麼一問，就知道這盒子不像看上去那麼簡單，如實答道：「是一個朋友那兒拿的。」

吳長青看著林東說道：「小林啊，你可知道這東西是古時候裝龍鳳團茶用的器皿？」

林東搖了搖頭，「龍鳳團茶是什麼我都不知道。」

吳長青歎道：「龍鳳團茶是北宋的貢茶。在北宋初期的太平興國三年，宋太宗遣使至建安北苑。監督製造一種皇家專用的茶，因茶餅上印有龍鳳形的紋飾，就叫龍鳳團茶。及至朱元璋的天下安定之後，洪武二十四年九月下詔罷造龍團，這龍鳳團茶遂成了歷史的絕唱！龍鳳團茶失去了它的欣賞者。昔日茶園一片凋零。又經過數百年，連製作龍鳳團茶的工藝都失傳了，前幾年。據說有人翻經找典，企圖重新生產這種歷史名茶，卻不知是否能如願。」

「乖乖，來頭那麼大啊！」左永貴張著大嘴巴，驚訝的連連歎氣，再也不敢小瞧那鐵盒子了。

吳長青道：「龍鳳團茶的珍貴是你們難以想像的。就連當時的王公大臣，也以能得到皇帝賞賜半塊龍鳳團茶而興奮不已，一定會珍藏在家裏，只有等到有貴客登門的時候才會拿出來與貴客把玩。」

打開鐵盒子，裏面也是一塊茶餅，不過不是龍鳳團茶，而是一塊上好的普洱茶餅。

吳長青看了看，把盒子重新蓋上。茶餅雖也是極品，卻比不上這裝它的盒子珍貴。

「小林，近來可有什麼不適的感覺？」

吳長青開始給林東問診了。

林東記得吳長青上次說他被邪氣入侵，但這段時間並沒有感到不適，於是就說道：「吳老，我好好的，並沒有什麼問題。」

吳長青指了指身旁的凳子，說道：「你坐這邊來，我給你看一看。」

林東坐了過去，吳長青為他號了號脈，原本略帶笑容的臉變得凝重起來。

「小林，咱們到裏面去吧。」

林東點了點頭，跟著吳長青進了裏面的小診室。左永貴想跟進來，卻被吳長青攔住了。

「阿貴，你就在外面等著吧。」

診室裏有一張小床，裏面的陳設非常簡單，除此之外就只有兩張凳子。

剛才吳長青為林東號脈，發現他體內的邪氣不僅沒有被排出體外，反而變得比上次更強了。

二人坐了下來，吳長青語氣沉重的說道：「小林，現在只有你我二人，你跟我實話實說，有沒有遇到過什麼怪事？」

林東不知道吳長青是什麼意思，搖了搖頭，「吳老，我的確沒有遇到過什麼古怪的事情，我到底是怎麼了？」

「上次我為你號脈的時候，邪氣還是絲絲縷縷的，現在已經由弱變強，壯大成一條條線了。若不是你身體強健異於常人，體內先天之氣強盛，根本無法抵禦那股邪氣的入侵。世間邪氣，多由邪物轉化而來，我卻不知你為何會沾染了邪氣。」

吳長青說的那麼邪乎，林東著實為自己擔憂了起來，他向來行得正走得直，為什麼會被邪氣入侵呢？

「嚴重嗎？」林東努力使自己的情緒平靜下來。

吳長青道：「暫時還不會對你的健康造成影響，但若不能及早將邪氣排出體外，任由它滋生蔓延的話，恐怕日後會有大麻煩。」

「吳老，要如何才能將邪氣排出體外？還請您示下。」

林東勉強保持鎮定，實則心中已是慌亂不已。

吳長青歎道：「這股邪氣從何而來如果探不明白的話，就算是華佗、扁鵲在世也束手無策。小林，你每個星期到我這裏來一趟，我盡全力為你找到病源，到時候對症下藥，以你那麼好的身體，應該很快就能治癒。」

林東仰頭長長的舒了口氣，任他怎麼想也想不到為什麼體內會有股邪氣。

「你也不必擔心，據我估計，暫時這股邪氣還威脅不到你的健康。」吳長青寬慰道。

林東點點頭，「吳老，勞煩你費心了。」

二人開門回到外面的大診室，吳長青把鐵盒打開，留下了裏面的普洱茶餅，卻把鐵盒還給了林東，「小林，這東西太貴重了，必是你朋友的心愛之物，你帶回去給他吧。」

「吳老，這怎麼能行？」

林東原本害怕吳長青嫌他送的東西差，沒想到送的太好也被人家退了回來。吳長青執意要他帶回去物歸原主，「我能有幸看幾眼，拿在手裏摸一摸已經很滿足了，如此珍貴之物，實不敢據為己有。」

左永貴知道這是好東西，在旁邊一個勁的勸吳長青收下，「老叔，這是人家林東的心意，你就收著吧。」

「小林，拿回去吧，這東西如果保存的不得法，很快就會壞掉的。你那朋友是個行家，為了好東西能流傳下去，我就是想要也不能留啊。」

林東只好把鐵盒子拿了回去，跟吳長青告辭之後，就和左永貴離開了吳長青的診室。

「林老弟，我叔把你叫進裏面說什麼了？」左永貴頗有些好奇。

「沒聊什麼，就是為我把把脈。」他敷衍了左永貴一句，左永貴知道他不願說，也就只能自己瞎捉摸了。

林東藉口公司還有事情，二人就在吳門中醫館的門口分開了，他開車直奔古玩街去了。這個時候傅家琮應該在集古軒，他得把這珍貴的茶餅盒子送還給傅家琮。

正逢中午下班時間，路上車輛很多，又在市區，林東開了好一會兒才到了古玩街，把車停在集古軒的門口，拿著茶餅盒子下了車。

推門進了去，集古軒依舊是那麼安靜。傅家琮站在那兒擺弄一件古玩，聚精會神，連林東進來他都沒有發現。

第四章 邪惡的力量

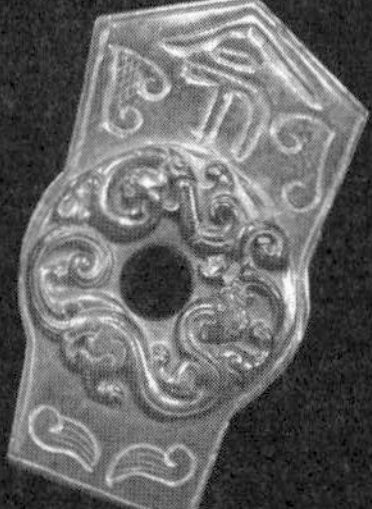

林東一時間愣住了，如此親密的舉動，
若是被不知情的人看到，難免會誤認為他們是一對情侶。
他呆呆坐在那兒，任憑米雪手捏濕巾在他額頭上輕柔的撫過，
鼻孔裏傳來米雪身上淡淡的體香，
體內邪惡的力量忽然暴漲起來，似乎要讓他在當場失控。

「傅大叔，忙著呢。」

林東走到櫃檯前面，也不客氣，拿起茶壺倒了杯茶，自斟自飲了一杯。

傅家琮這才發現他來了，笑道：「小林，你怎麼走路沒聲啊？」

林東嘿嘿一笑，「不是我沒聲音，而是你看東西看得太入神了。」

傅家琮醒悟似的點了點頭，轉而問道：「禮物送出去了？」

林東把袋子朝傅家琮的櫃檯上一放，說道：「傅大叔，禮物送是送出去了，不過又被人家給退回來了。好了，物歸原主，你查查有沒有什麼損壞的，我照價賠償。」

「怎麼又給退回來了？」

傅家琮不解的問道，這龍鳳團茶的鐵盒有多麼珍貴他是知道的，若論價值，在拍賣行也就能賣出幾十萬的價錢，但在懂茶人的心裏，這東西稀少的好似鳳毛麟角，若是有人得到了，絕對不會不喜歡，怎麼也想不出來那人為何將如此稀世珍寶給退回來了。

林東半邊身子倚靠在集古軒店內的櫃檯上，歎聲說道：「人家說這鐵盒子太珍貴了，是件文物，應該由會保藏的人收藏，不能以一己私欲而占為己有，那是對寶物的不敬。」

傅家琮聽了這番話，忍不住豎起了大拇指，讚歎道：「那人必然是個高風亮節的長者。」

林東也沒跟傅家琮說是送給吳長青的，他知道傅家肯定與吳長青是認識的，說不定還有不淺的交情，也有可能今天吳長青已經看出來那鐵盒子是傅家的，不忍奪人所愛，所以就退給了林東。

傅家琮把鐵盒子從袋子裏拿了出來，感到手裏的分量變輕了，笑道：

「他好歹把那塊普洱茶餅收下了，你也不算丟面子了。我那塊普洱茶餅，可是上好的貨色啊。與其他茶不同。普洱茶越陳越香，那塊普洱茶餅子可是有些年頭的東西，指甲蓋那麼大的一點，都得值好多錢。」

林東心裏惦記著體內邪氣的事情，也就沒在集古軒多逗留，辦完了事情馬上就離開了。他開車直奔九龍醫院，先去看過了羅恒良，然後又去給自己全身做了個細緻全面的體檢。

吃過了午飯，林東就在九龍醫院後院的花園裏坐著。陽光曬在他的臉上，暖暖的，很愜意，只是此時他卻一點都沒有享受眼前明媚春光的心思。雖然吳長青說他體內的邪氣暫時還不會有所危害，但邪氣卻是越來越強大，此消彼長，若是長時間找不到驅除邪氣的辦法，他恐怕自己會如一株巨樹被螞蟻啃噬了一般，逐漸掏空了內裏。

想到吳長青凝重的神情，便可猜測那邪氣之可怕，林東不由得心中一冷，但想到自己未竟之事業和那幾個深愛他的女人，以及為他操勞一切的父母，他才發現自己對這世界有多麼留戀。

他可以變得一無所有，再次淪為人人蔑視的窮光蛋，但是為了不讓心愛之人傷心，卻不得不想盡一切辦法生存下來。人活著就有希望，失敗與成功，在生命面前都顯得無比的渺小。

他從石凳上站了起來，握緊了拳頭，在心底默默的告訴自己，必須無畏的堅強起來，事情還沒有變得那麼糟糕，自己不可表現出有一絲的沮喪，應將所有負面的情緒拋之腦後，積極樂觀的過好每一天。

戰勝了心魔之後，林東就漸漸能感受得到這周圍花兒的芬芳了，鳥兒在林中吟唱，花兒在風中招展，陽光柔和的撫摸著他的臉，這是多麼愜意舒適的景象啊。如果不知享受眼前這自然之美，那簡直比暴殄天物還可惡。

林東四處走動起來，發現院子裏有許多花兒都是他不認識的，好在旁邊都有牌子介紹是什麼花種，他重拾童年的求知欲，開始細細的研究起來，每一種花的花瓣大小、形狀、色彩都在腦中做了比對，這麼做看似無聊，但若能沉浸其中，倒也十分的有趣。

下午三點之後，他才尚未盡興的離開了後花園，回到上午體檢的地方，取了報告，找了名專家問了問情況。專家看了他的體檢報告之後，很肯定的告訴林東他的身體沒有任何問題，非常的強健。

林東拿著體檢報告離開了醫院，一路上怎麼都想不明白，為什麼體檢結果會是什麼問題都沒有？吳長青是蘇城首屈一指的老中醫，還是全國中醫藥協會的理事，沒可能診斷錯的，那為什麼體檢卻檢查不出任何問題呢？

西醫重標，經常是症狀出來之後才能查得出來，而中醫治本，以人體先天之氣為脈，高明的中醫能在病人病症未現之前就能施以治療。林東對西醫與中醫不大瞭解，不懂得二者之間的區別。而且「氣」這種東西本來就是中醫的範疇，他來做體檢，自然是不可能查出來的。

想了一路，快到溪州市的時候，林東忽然笑了起來，心道查不出來不是更好，難道非得查出來有什麼才開心嗎？

他沒有回公司，而是直奔工地去了。到了工地門口，就瞧見兩名工人站在門口放哨，盤查進出往來之人。林東把車停在門外，朝門內走去，那兩人是剛從金河谷的工地上過來的，認不得林東，伸手把他攔了下來。

「喂，幹什麼的？施工重地，閒人免進，看不到嗎？」其中一名工人粗著嗓門說道。

林東沒想到這兩人把他攔下了，一臉愕然的看著他們，「你們不認識我？」

那人道：「你當你是劉德華，走到哪裏都有人認識啊！」

林東呵呵一笑，一點都不生氣，反而覺得這兩人做得很好，「我是工地上的，你們放我進去吧。」

「牌子呢？」那人手一伸。

林東這才想起給所有人都做了牌子，獨獨忘了要給自己做一個，心道看來還是不能搞特殊啊，惹麻煩了不是，「我沒有牌子，但我的確是這工地上的。」

其中一個一直沒說話的工人說道：「老三，我看他不像是壞人，說不定真是咱工地上的。」

「你打電話叫個認識你的人出來帶你進去，別忘了辦個牌子掛胸前。」粗嗓門的工人說道，隨後朝同伴低聲嘀咕一句，「這年頭好人壞人怎麼可能是外表看出來的。」

林東給任高凱打了個電話，說在門口被攔住了。任高凱在電話裏就罵開了，揚言要好好收拾收拾那些個不長眼的傢伙。

任高凱風風火火的跑到門口，瞧見林東正懷抱雙拳在門外踱著步。

「我來了，林總。」

任高凱有些虛胖，跑了幾分鐘已經是上氣不接下氣，臉上通紅，張著嘴巴哈哈的喘粗氣，都出汗了。

「你們兩個不長眼的東西，這是你們的大老闆林總，怎麼把他攔在外面了！」任高凱稍微喘定了氣，就叉著腰罵了起來。

「這個……我們不知道啊。」

看門的兩名工人兩手一攤，一臉無辜的表情。

林東哈哈笑了笑，「老任，他們兩個做得不錯，千萬別責備他們，就該那麼做。對了，回頭給我也弄一個牌子掛著。」

兩名工人見大老闆不但沒有怪他們，反而表揚了他倆，心裏都有些得意，覺得這人雖然是高高在上的老闆，但也不失為一個講道理的人。

林東和任高凱去了指揮部的辦公室，到了那裏，林東就換上了膠鞋，然後戴上安全帽，讓任高凱帶著他去巡視工地。這幾天林東不在，所以到了施工現場之後，任高凱就開始向他說起近來工程進展的情況。

自從金河谷蘇城國際教育園那塊工地上的工人來到這裏以後，工人人數一下子多出了一百多人，工程的進度明顯加快了許多，這才幾天沒來，已感覺到工地的面貌有些陌生了。

看著一座座高樓平地而起，林東不禁心生感慨，人類的創造力真的是太令人震驚了。一個人的力量雖然渺小，但是只要集齊眾人之力，別說平地建樓，就是移山填海也不在話下。

「照這樣的進度下去，咱們至少能提前一個月完成工程。」任高凱頗為得意的說道。

林東則沒有他那麼樂觀，別人不瞭解金河谷，他卻非常瞭解，以金河谷的為人，斷然不會讓公租房這個專案進展得那麼順利的。

從工地上回來，天色已暗了下來。他原本準備開車離去，走到門口，卻見一輛採訪車停在門外，幾名記者模樣的人被擋在了外面，門口吵吵嚷嚷，兩名工人死死攔住想要進來的記者，已經有發生肢體衝突的跡象，看樣子再沒有人調和，可能就要打起來了。

林東快步走到門外，高聲道：「怎麼回事？」

「老闆，他們要進去，工地的規矩，有牌子才能進去。」粗嗓門的工人道。

「靜一靜！」林東大喊一聲，人群安靜了下來。

林東走到那群人面前，說道：「我是這個專案的施工方負責人，請問你們是？」

人群外面擠進來一個女子，一甩頭髮，露出一張絕美的臉，竟然是米雪！

「林東，不認識我了啊？」米雪含笑說道。

林東微微有些驚愕，「米雪，你怎麼也來了？」見到了熟人，這事情就好辦了。

米雪笑道：「我們是接到上頭的任務，要來做一個專題，關於公租房進展的問題，今天來做第一期，可惜到了這裏卻被你的同事攔著不讓進去，剛才差點打起來，同事們為了保護我，才不讓我上前的，我也是剛看到你。」

林東明白了過來，肯定是電視台接到了宣傳部的指示，開始為這項政績工程做宣傳了，「大水沖了龍王廟，都是自己人，走吧，我帶你們進去。」

米雪身後的攝影師有些不舒服，瞪著門口的兩名工人，嘴裏冷冷哼了一聲。米雪趕忙回頭安慰了幾句，「剛才都是誤會，大家待會用點心，今晚收工之後我請大家吃飯。」

電視台的那群人這才高興起來。

林東把米雪一行人帶到裏面，分發給他們每人一頂安全帽，告訴他們注意安全，然後就退到了一邊。

工人們聽說電視台的人來了，一時間都躁動了起來，吵著鬧著要去看看電視台的記者長什麼模樣，見到了走在前面的米雪。雖然被厚重的安全帽遮住了大半張臉，但清秀脫俗之氣卻是無法掩飾得住的，工人們一眼就發現了這個大美人兒。

「瞧那小娘們，細皮嫩肉的，二狗子，想不想抱回家當媳婦？」

一群來自鄉下的粗人什麼時候見過那麼漂亮的女人，說一些下流的話也怪不得他們。

林東離得不遠不近，這是他第一次那麼細緻的觀察米雪。發現這女子身上的確有一種難言之美，似冰，似雪，冷冷的卻讓人想要接觸。他趕緊搖了搖腦袋，女人太多絕對是個麻煩，還是不要想入非非的為好。

米雪是溪州市電視台的王牌主持人，一般這種到外面采風的事情她是不會出來的。但之前她就得知公租房的專案是林東的公司在承建，所以聽到要做專題的消息之後，主動請纓過來。這個專題是市裏讓做的，台裏非常重視，所以也就答應了米雪的要求。

米雪在現場採訪了幾名工人，問了問他們對公租房的想法，工人們都很積極，想到什麼說什麼，他們對於政府興建公租房，不管自己能不能住上，都是舉雙手贊成的。攝影師扛著攝影機在工地上繞了一圈，將公租房工地現在的面貌全部拍攝了下來。

最後結束之前，米雪讓攝影師把鏡頭對準林東，自己則跑到林東身前，請他抒發一下對公租房專案的看法。

林東有些措手不及，不過整天和官場上商場上的人打交道，他早已到了處變不驚的境界，思維稍微理了理，脫口而出說道：「公租房是民心工程，功在當代，利在千秋。我們金鼎建設作為承建商，要做的就是絕對確保房屋的品質，當做是一次回報社會的機會。」

米雪這是有意讓林東露臉，算是免費給林東的公司做個廣告。

採訪結束之後，林東送他們到門外。電視台一行人收拾好東西後就放進了採訪車裏，米雪走過去藉故說身體不舒服，給了他們一千塊錢，要剩下的四個人自己找地方去吃一頓。新聞組的四人也沒想過要台裏頭牌陪他們吃飯，拿了錢就開車走了。

米雪並沒有開車過來，公租房地處偏僻，她含笑看著林東，雙目含情，意思再明顯不過了。

林東雖然不想再沾花惹草，不過就算是朋友，也不能把米雪丟在這裏，拉開車門，笑道：「米雪，上車吧，我送你回家。」

「那就多謝你了。」

米雪計謀得逞，臉上露出甜美的笑容。

上了車，林東問道：「米雪，你家住哪裏？」

米雪答道：「敦煌路上的名爵花園。」

「敦煌路我知道在哪裏，名爵花園就不知道了，到了敦煌路，你負責指路。」

林東說完，發動車子走了。

一路上米雪不停的挑起話題，旁敲側擊，把林東目前私人情況問了個遍。

到了敦煌路，米雪忽然問道：「林東，已經不早了，你肚子餓了沒？」

林東笑道：「我還好。」

米雪道：「我媽出去旅遊了，回家吃飯還得自己燒，我看這樣吧，我們找家飯店，一起吃頓晚飯。」

林東找不到理由拒絕，就說道：「那你決定地方吧。」

米雪笑道：「就在前面不遠，那個路口轉進去就到了，有一家火鍋店還不錯。」

林東開車到了路口，轉進去不遠就看到了火鍋店，到了火鍋店門口，先把米雪放下了車，他開車找地方停好。來到火鍋店裏，卻找不到米雪，打電話一問，才知道這家店還有包廂，米雪在樓上的包廂裏。

林東上樓找到了包廂，推門進了去。

米雪略帶歉意的說道：「林東，不好意思啊，我在外面的散座吃飯有些不方便。」

米雪是公眾人物，在溪州市幾乎是家喻戶曉，她若坐在散座上，肯定會被人認出來，到時候恐怕他們連飯都吃不安寧。

服務員送來了菜單，一眼就認出了米雪，要求與她合影。米雪見慣了這種場面，露出職業性的笑容，與服務員合了影。

「林東，咱們要什麼鍋底？」

「你選你愛吃的吧。」

「那就麻辣的吧。」

林東有些驚訝，「你不怕辣嗎？」

米雪笑道：「我大學四年是在川地讀的，吃了四年的辣椒，現在吃飯是無辣不歡，算得上半個川妹子。」

林東若有所悟的點了點頭，「你一個女孩跑那麼遠的地方上大學，家裏人不同意吧？」

米雪說道：「開始的確是不肯，後來我把志願偷偷改了，錄取通知書來了，我媽不同意也沒法子了。川地那個地方挺好的，風景秀麗，有許多名山大澤，畢業之後，我還經常懷念那個地方，只是事情太多，脫不了身回去看看。」

林東心裏一直以為米雪是個柔弱的女子，但今天卻發現自己錯了。

包廂裏只有他們兩人，二人坐在軟皮的長沙發上，中間是一張黑晶石頭所做的餐桌，正中間鏤空，露出臉盤大的一個圓孔，是留著放火鍋的。

米雪今天的心情似乎極好，與林東滔滔不絕的說起讀大學時在川地的見聞。

「大三那年暑假，我在學校野外拓展會會長的帶領下，和十幾名會員，我們一起騎車去了藏地，我永遠也忘不了那次的經歷。那一次，我們經歷了生死的考驗，對人生有了新的感悟，看到了世上最美的風景，也收獲了堅定不移的友情。」

林東訝然，「米雪，你一個弱女子能騎車去藏地？」

米雪用力點了點頭，「我可是我們學校山地自行車俱樂部的會員呢，準確的說是資深級的會員。」

林東想到米雪嬌柔修長的身段，纖濃合度的身材，真是多一分嫌多，少一分嫌少，若不是經常運動，怎麼會保持那麼好的身材，心想米雪應該所言非虛。林東心裏對米雪的認識加深了幾分，眼前的這個女人，不僅擁有美豔絕倫的外表，同時也擁有一顆堅定的心，她的成功不能只歸功於她的外表。

米雪的確就是這樣一個女孩，美麗與智慧並重，同時還具有常人難以匹敵的意志力，她認準的事情，選中的目標，不達目的是絕對不會袖手甘休的。

麻辣鍋底端了上來，各式涮菜擺了一桌，光是肥牛米雪就要了三份。鍋裏的湯料煮開了之後，米雪就熟練的把蘿蔔和土豆片放了進去，邊往裏放邊說道：

「這兩樣東西要煮的很久才能熟透，所以要先放進去。」

她的動作非常熟練，林東想插手幫忙都找不到機會，於是乎只能不停的吃，反正即便是他自己不夾菜，米雪也會不停的往他面前的盤子裏夾菜的。

「米雪，你很喜歡吃火鍋吧？」林東笑問了一句。

「是啊，看出來了？」

米雪微微一笑，挺直身子，把長髮盤在腦後，然後用夾子夾好，原本被頭髮遮住的肌膚全部露了出來，脖頸和鎖骨周圍那片皮膚如白雪一般白皙細嫩，在包廂柔和的燈光照耀下，散發出亮麗的光澤。

「唉，我一直想剪個短髮，可惜台裏不讓。頭髮太長，吃飯的時候非常不方便，我大學時候有個同學，有一次吃火鍋，不小心把頭髮弄得掉進了火鍋裏，害得她把滿頭的青絲都剪了。」

米雪吃得有些熱了，臉上細汗濛濛，於是就將外面的風衣脫了下來。她裏面只穿了一件粉色的緊身羊毛衫，胸前的衣服被兩團鼓鼓的肉丘撐得鼓鼓的，惹人遐想。

林東坐在她的對面，總不能閉著眼睛吃飯。但每次一抬頭就能看到米雪胸前鼓鼓的一塊，心裏便忍不住想入非非。像米雪這般美麗的女人，任何一個只要是生理正常的男人看到都會忍不住遐思的，林東心道這不能怪他，要怪就怪對面的米雪太妖嬈性感吧。

林東竭力克制自己不要去亂想，原本沒出汗，倒是因為用力與腦海中邪惡的思想抗爭而導致額頭上出了一層細密的汗珠。

「瞧你熱的，一頭的汗。」

米雪聲似鶯啼，含笑站了起來，打開一包濕巾給林東擦了擦頭上的汗。

林東一時間愣住了，如此親密的舉動，若是被不知情的人看到，難免會誤認為他們是一對情侶。他呆呆坐在那兒，任憑米雪手捏濕巾在他額頭上輕柔的撫過，鼻子裏傳來米雪身上淡淡的體香，體內邪惡的力量忽然暴漲起來，似乎要讓他在當場失控。

米雪為林東擦了汗，坐回了位置上，她倒是表現得非常自然，沒有一絲尷尬的表情，就連剛才的動作都做得非常順暢，就像是之前已經演練過千萬遍似的。如果不是出於真心的關愛，那是沒法做到那般自然的。

林東的心思已經完全不在這飯桌上了，他全部的精力都用在與心魔抗爭上面。不知為何，他的體內燥熱得難受，一股邪惡的力量在他體內四處衝撞，令他坐立難安，幾乎把持不住自己。

他並不是第一次見米雪，也不是第一次見到那麼漂亮的女人，他擁有的女人個個都是一等一的大美人，按理來說，絕不會如此把持不住方寸的，但今天不知為何，體內邪惡的力氣竟然如此的強大，幾乎令他難以自持。

米雪見林東頭上又是一層細密的汗珠，笑道：

「林東，你很熱嗎？還說你是北方人能吃辣，你看，還不是輸給了我這個江南的小女子。」

林東擠出一絲笑容，若是讓米雪知道他此刻心裏的齷齪想法，不知這美麗至極的女人又會如何看自己呢？

「服務員，給我一杯冰水！」

林東放聲朝門口吼道，那聲勢著實令坐在他對面的米雪嚇得芳心亂跳。

每個VIP包廂的門外都有一個等待服務客人的服務員，外面的服務員聽到了林東的吼聲，嚇得身子一硬，以為裏面出事情了，推門一看，啥事都沒有，於是立馬就跑去拿冰水了。

米雪芳心未定，捂著胸口喘了口氣，「嚇死我了，林東，你剛才是怎麼了？有必要那麼大聲嗎？」

她哪裏知道林東的心思，剛才林東那麼大聲一吼，嚇壞了她，倒也把他自己心裏的邪惡嚇退了幾分。

林東歉然一笑，「我是怕外面聽不到，這包廂隔音效果挺好的。」

這是多麼拙劣的藉口，米雪對這裏非常熟悉，知道外面的服務員連他們聊天的聲音都可以聽得到，她知道林東不老實，沒有說實話，但也不知道他為什麼有那個舉動，心裏揣測了一會兒，一點頭緒都沒想出來。

正當二人之間的氣氛有些尷尬的時候，服務員敲了敲門，然後推門走了進來，把托盤上的一杯冰水放到了林東面前，恭恭敬敬的問道：「先生，請問還有什麼需要嗎？」

「剛才……嗨，不好意思，嚇到你了吧。」林東從懷裏掏出幾張紅色大鈔，數也沒數，放到托盤上。「這是給你的小費。」

這服務員眼前一亮，托盤上零零散散的紅色大鈔少說也有五六百塊，如果每個客人都有那麼大方，她倒是寧願一天到晚都被嚇。

「先生，謝謝您……」

服務員朝他鞠了一躬，退了出去。

林東端起桌上的冰水一口喝了，感覺體內的燥熱感減輕了許多，長長的舒了口氣。

「林東，上次你說的話還算數嗎？」米雪忽然問道。

林東不解其意，「不好意思，我說過什麼了，我記不得了。」

米雪道：「那次我為你的公司主持了更名典禮，然後中午在酒店裏，你說希望我可以成為你們公司的形象代言人，有印象嗎？」

「噢……」

林東點了點頭，說道：「我記起來了，米雪，如果你願意，我們隨時可以簽約。」

「哼，你根本就是誠意不足，那次我說讓你去找我的經紀人談，但據我所知，後來你根本就沒有找過我的經紀人，一次都沒有。」米雪冷冷的說道。

林東尷尬的笑了笑。

「這的確是我的錯，米雪，在這裏我向你賠罪。」他並不是不想請米雪這樣在蘇城擁有極高知名度而又形象和口碑極佳的人做公司的形象代言人，而是公司迄今為止還未推出新的樓盤，所以就把找代言人的事情拋到了腦後。

林東實在沒想到米雪會在心裏一直念念不忘他隨口的一句話，心裏感到非常的慚愧，「米雪，的確怪我，請你原諒。」

米雪已經穿上了風衣，側著臉看著門，似乎不願搭理林東。

二人中間桌子上的火鍋正在沸騰，一個個氣泡冒出來又炸開了，就像林東此刻的心情，想說些什麼話，但總是話到嘴邊又咽下去了。

沉默了好一會兒，米雪才開口說道：「吃好了吧，那就走吧。」

林東搶在前面下樓結了帳，出了火鍋店，外面的天已經黑了，華燈初上，街道上行人如梭。

米雪逕自走到林東的車旁，林東就知道她並沒有生他的氣，心裏一喜，說道：「米雪，我送你回家吧，這個時間很難叫到車的。」

米雪也沒說謝，拉開車門坐了進去。林東上了車，問了問名爵花園怎麼走，一路上兩個人都沒說話，林東一直開車把米雪送到她家的樓下。

「到了。」

米雪想到即將就要和林東分離了，而卻不知下次見面會在什麼時候，她很想延續兩個人相處的時光，腦筋一轉，說道：「晚上吃的東西有點鹹，林東，要不到我家去喝口水吧。」

林東心裏猶豫了一下，說實話，米雪身上的確具有迷惑他的魅力，不過想到自己已經因為女人太多而十分煩惱了，一狠心，說道：「我還有些事情要處理，米雪，多謝你的好意，抱歉。」

米雪臉上的笑容凝滯了一兩秒，隨即笑道：「那既然你有事情就趕緊去忙吧，林東，謝謝你送我回來。」

推開車門，米雪頭也不回，飛快的奔進了樓道裏。

林東朝樓道看了幾眼，開車離開了名爵花園。

在路上的時候，他把車窗打開，讓冷風灌進車內，這樣才感覺好些，似乎沒有米雪在身旁，他體內的燥熱感就消失不見了。

「嗚……」

第五章

情人夢中呼喚的名字

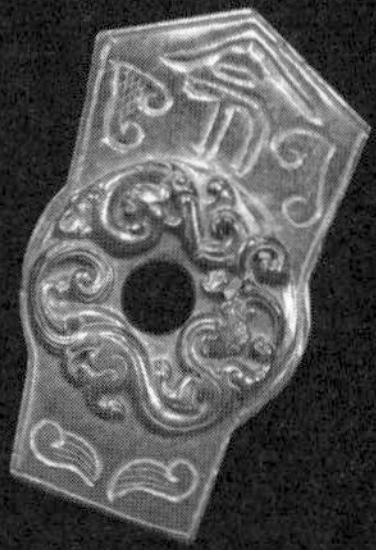

高倩看著資料上姓名那一欄，只覺這個名字非常的熟悉，似乎在哪裏聽過。
她盯著柳枝兒的照片看了一會兒，猛然抬起頭朝樓底看，一直移到樓梯口的盡頭。
林東在樓上，高倩記起來了，這個名字她就是從林東嘴裏聽到過的。
她仔細回憶了一下，記起那是一次林東喝多了酒之後，
在半醉半醒出於渾沌狀態之中呼喚的名字。

林東回到家裏，發現高倩還沒有回來。這些日子高倩是越來越忙了，經常要到晚上十點之後才回家。東華娛樂公司在她的精心打理之下，一步一步逐漸步入了正軌，已經從頹勢的泥潭中站了起來。高倩的定位十分準確，如今國內的市場，電視和電影都各自有巨頭，短時間內很難從他們手裏搶佔到市場，只有娛樂這一塊還是一片混亂，大家實力相當，暫時還沒有特別拔尖的公司出現，所以也就蘊藏了更多的機會。只要做出一檔好的節目，相信在娛樂節目這一塊崛起並非難事。

高倩從北京聘請來的團隊已經在兩個月前就上任了，這幫人都是精兵強將，在高倩的帶領之下，正在秘密謀劃一檔娛樂節目。高倩曾興奮的告訴林東，等到那檔節目推出來的時候，將會讓全國同類節目黯然失色。

但具體是怎麼樣的一檔節目，林東並不知道，高倩沒告訴他，他也懶得去問。所謂隔行如隔山，高倩現在嘴裏蹦出來的許多詞語都是他聽都沒聽過的。

林東鎖了門，沿著門前的小路往前走。他感覺到體內的燥熱感並沒有消失，只是隱藏起來了，希望能在散步之中將那股邪火排出體外。走了一圈，回到門口的時候，一輛奧迪車在他身邊停了下來。

林東認識這車，是溪州市副市長胡國權的專車。

胡國權推門下了車，叫住了林東，「林東，等我一會兒，咱倆一塊散步去。」

司機小王開著車走了，胡國權進屋換了雙鞋子就出來了。

二人沿著門前的小路往前走，一開始的時候誰都沒說話。他們兩個之間的關係非常的微妙，林東是個商人，而胡國權則是個做官的，如此親密的接觸，如果被其他人看見，恐怕會說出什麼閒話來。

不過林東和胡國權都沒有避諱這一點，足見他們心裏是坦蕩的。

胡國權從本質上來說並非嚴格意義上的政治家，他還是個做學問的人，對於能主政一方，他有很多為民謀利的想法，而對於自己頭上的烏紗帽，他則是看得很輕。在位一天就要為老百姓做一天的好事，如果因為做實事做好事而遭到排擠而丟了烏紗帽，胡國權不會覺得遺憾，大不了就再回大學教書，有什麼大不了的。

而林東就更加不害怕和胡國權接觸了，他是一個商人，能與市裏的要員接觸，並且成為好朋友，這對他而言是利大於弊的。就拿上次公租房專案競標來說，如果沒有胡國權的存在，他的設計方案就算是再出色也不會中標。

「市裏最近要動一動。」

胡國權丟掉了煙頭，沉聲說道。

林東素來對政治不關心，但自從經商之後，他卻開始關心起來了，問道：「怎麼個動法？」

胡國權道：「羅國平省長變成羅書記了。」

羅國平正是提拔胡國權的人，正是因為有了羅國平的器重，胡國權才能從一個大學教授而變成主政一方的大員。可以這麼說，胡國權相當於是羅國平安放在溪州市的分身，胡國權為什麼能夠剛到溪州市就各項工作都進展得很順利，很大程度上也是因為溪州市面上的各路人馬都知道不看僧面看佛面的道理，給胡國權面子那就是給羅國平的面子。

「胡大哥，恭喜啊。」

羅國平既然往上升了一級，剛才胡國權說市裏最近要動一動，其實就是說市裏領導班子格局要動一動，意思非常的明顯，他胡國權要往前挪一挪了。

胡國權輕聲笑了笑，「消息還不確定，我也是今天下午才知道的。」

胡國權的言語之間透露出興奮與喜悅，既然做了官，誰不想做更大的官呢？

「雖然都是副市長，但前面加了常委和沒加了常委的就是不一樣。」胡國權道。

林東知道胡國權之前並不是市委常委，這麼一說，胡國權看來是要入常了，這可是往前跨了不小的一步啊。

「有羅書記這座大靠山，胡大哥，日後你的官會越做越大的。」林東笑道。

胡國權道：「非是我貪戀權位，只是手裏掌握多大的權力就能做多大的事，只有掌握了更大的權力，我才能為老百姓做更多的事。為國為民，此乃我畢生宏願！」

林東歎道：「如果天底下當官的都有胡大哥你這種想法，咱們國家何愁不強大？社會上也就不會有那麼多不和諧的因素了。」

胡國權不知的是，羅國平把他安排在溪州市做副市長，主要目的並不是要他做出多大的政績，而是希望胡國權能牽制溪州市市委書記蔣德昭。蔣德昭跟羅國平走的不是一條路，上面也有極硬的背景，當初為了把胡國權安插進來，羅國平可是費了不少的力氣的。

二人沿著小路走著，胡國權問了問林東公租房進展的情況，對於他的每一個問題，林東都能對答如流，回答的周到詳細，胡國權知道林東沒少對這個專案下功夫。

「當初把這個專案交給你的公司做，看來應該是個正確的選擇。」胡國權說道。

回到胡國權的家門口，胡國權把林東拉進了屋裏。

「你嫂子做了好些菜，今天高興，待會咱倆喝點，走吧。」

胡國權的老婆和女兒剛來溪州市不久，也就一個多月的時間。因為胡國權和林東經常走動的原因，她們在這裏也只認識林東和高倩兩個人。高倩知道胡國權是溪州市的副市長之後，積極主動的走夫人路線，幫了胡國權的夫人很多的忙，兩個人現在已經成為了無話不談的好朋友。

林東雖然吃過了，但是無法拒絕胡國權的熱情邀請，只好隨他進了別墅。胡國權十六歲的閨女見林東進來，立馬就捧著英語書走了過來，向林東請教某個單詞怎麼發音。

胡國權的女兒胡毓嬋拿著課本，正偷偷地瞧著林東。林東盯著胡毓嬋手指處的那個單詞，想了好一會兒也沒想出怎麼讀。

「小嬋，對不起，我不記得這個單詞怎麼讀了。」

胡毓嬋這是故意刁難林東，挑了一個生僻的單詞出來，她非常喜歡與林東接觸，所以每當林東到她家來的時候，都會跑過來纏著林東。

「小嬋，不是給你買了字典嘛，還有那個什麼電子詞典，你自己不會去查查嗎？」胡國權拿出父親的威嚴，語氣冰冷的對女兒說道，他在外面是高高在上的副市長，但在家裏，卻是一家三口中地位最低的。

胡毓嬋根本不害怕她爸，對林東說道：「林東哥哥，待會你吃完飯別急著走，千萬記得到我房裏來一趟，我有話要對你講。」

對於胡毓嬋的這種稱呼，林東起初是反對的，他與胡國權平輩而交，胡國權的女兒理當叫他叔叔才對，但是這個鬼機靈，卻說林東比她大不了幾歲，非得叫林東哥哥。有趣的是，如果高倩和林東一起來胡家，胡毓嬋一定會叫高倩「阿姨」，而且會把「阿姨」那兩個字說得非常大聲。

不難看出，胡毓嬋不喜歡高倩，可以說是毫無理由，她就是不喜歡高倩，不喜歡那個比她漂亮，而且又有林東那麼帥氣的男人做男朋友的女人。不過高倩總是裝出一副不知不覺的樣子，對胡毓嬋十分的不錯，做足了一個長輩應該做的。

胡國權的老婆唐夢菲做好了菜，已經把餐桌上擺滿了，站在飯廳那兒叫道：「老胡，帶小林過來吃飯吧。」

唐夢菲是個中學教師，全身上下散發出女性的知性美，有一股獨特的書卷氣。唐夢菲高挑的個子，面容姣好，雖然已經四十多歲了，但保養得非常不錯，除了眼角有些皺紋之外，根本看不出實際的年齡。

她最近心情不錯，老公從一個大學教授變成了副市長，這自然是一件令人非常高興的事情。所以前天經不住學校老師的鼓動，跑到理髮店把留了多年的直髮燙成了捲髮。不過只在髮梢那兒做了個微卷，這令她看上去更加的美麗與知性。

「嫂子，你是越來越年輕了，新髮型真的很漂亮。」林東發自內心的誇讚。

有哪個女人不愛被人誇的，唐夢菲摸了摸新做的捲髮，一臉的笑意，「小林，快坐吧，要喝什麼酒？嫂子給你拿去。」

林東坐了下來，說道：「就喝黃酒吧，一瓶就夠了。」

唐夢菲說道：「好，喝黃酒好啊，黃酒養胃。你和我們家老胡都是忙人，成天應酬不斷，我們家老胡這才從政多久，現在胃已經有點問題了。你千萬不要跟他學，不要仗著年輕。」

胡國權尷尬的笑了笑。唐夢菲一高興就話多。

唐夢菲拿來一瓶黃酒，給胡國權和林東倒上，她自己也倒了一點。

胡國權拿起筷子，指了指桌上的菜，「小林，來，吃菜，別客氣。」

林東還沒下筷子，唐夢菲已經往他面前的碗裏夾了點菜，「嫂子，小嬋不吃飯嗎？」

唐夢菲道：「你不用理她，她早吃過了。」

胡國權歎道：「我這個女兒喲，真讓我頭疼。她老爸過生日，她連陪吃一頓飯都不給面子。」

林東心道難怪那麼多的菜，原來今天竟是胡國權過生日，端起酒杯站了起來，「胡大哥，不知道你今天生日，你看我什麼都沒準備，就以這杯薄酒以表心意吧。」

胡國權往下壓了壓手掌，「幹啥呢，這是在家裏，快坐下。」

林東坐了下來，胡國權道：「今天是我生日，所以推了所有飯局，回家來陪老婆孩子吃頓飯。小林，來，咱碰一杯。」

二人端杯子碰了一下，都沒有喝完，只喝了一口就把杯子放了下來。

吃了一會兒的菜，唐夢菲說道：「老胡，咱家小嬋最近好像有點不對勁。」

胡國權整日忙於政務，對這個家關心的不夠，胡毓嬋雖然是他的女兒，但是卻不怎麼愛和他說話，所以對女兒的瞭解多半是從老婆唐夢菲那裏聽來的。

「小嬋怎麼了？」胡國權問道。

唐夢菲說道：「可能是戀愛了。」

林東心裏咯噔一下，胡毓嬋一直很喜歡纏著他，莫不是喜歡上他了吧？如果真是這樣，那可就麻煩了。

「什麼？」

胡國權雷霆震怒，把飯桌拍得作響。

「她才十六歲，正是該用功讀書的時候，怎麼能談戀愛？你去把她叫下來，我今天要好好管教管教她。」

唐夢菲趕忙說道：「老胡，我說你能不能小聲點，可別讓孩子聽見了。」唐夢菲做了多年的中學教師，對於十幾歲孩子的心理是非常瞭解的，知道發生戀愛這種情況，粗暴的對待問題是萬萬不可取的。

胡國權沒把林東當外人，所以當著林東的面發了脾氣，氣得吹鬍子瞪眼，「她是我女兒，我連說她幾句都不行嘍？」

唐夢菲知道胡國權的脾氣一旦上來就聽不進她的話，只能向林東求救，朝林東望了望。

林東明白唐夢菲的意思，開口說道：「胡大哥，聽我說幾句吧。」

林東再怎麼說也是客人，胡國權可以對唐夢菲發脾氣，卻不能對他張牙舞爪。

「孩子在這個年紀正處於叛逆期，這個事情千萬不能採取粗暴的手段對待孩子。嫂子也說了，小嬋可能是戀愛了，這就是說可能什麼都沒有，你現在生氣也太早了點，咱還沒弄清楚問題呢。我也是從小嬋那個年紀過來的，我能理解她現在的想法，這事情交給我，待會兒我上去勸導勸導她。」

胡毓嬋向來聽林東的話，胡國權歎道：「小林，由你去是最合適不過的了，我和你嫂子畢竟是她的父母，她不能把我們當做朋友對待，但你可以。」

林東朝唐夢菲望去，問道：「嫂子，具體的情況你知道嗎？」

唐夢菲道：「今天中午小嬋的班主任給我打電話，跟我說發現小嬋在上課的時候走神，不認真聽課，他走過去一看，在小嬋的書本裏發現了一張白紙。白紙上面畫了一個男生的素描。小嬋的班主任認為小嬋可能是戀愛了。但因為小嬋的特殊情況，老師沒敢說什麼，把這事告訴了我，希望我們家長能夠解決。」

林東說道：「小嬋今年高二，正是高中的關鍵時刻，現在真的不能分心啊。胡大哥、嫂子，待會我上去探探情況，等弄清楚情況再想想下面該怎麼做。」

胡國權歎道：「也只能如此了。小嬋這孩子，我老胡可是指望她繼承我衣缽的啊。」

林東笑了笑，「那可就難了，你研究的學問太過枯燥，小嬋未必有興趣啊。」

唐夢菲道：「來，咱們好好吃頓飯，其他事情先別管了。尤其是老胡，今天是你的生日，小林又在場，你剛才該發脾氣嗎？我看你這官沒當幾天，脾氣倒是越來越大了。」

胡國權懼內，被唐夢菲說了幾句，立馬舉手投降，「我認罪，小林，我敬你一杯，算是賠罪。」

吃了一會兒，胡國權就開始跟林東聊起了市裏面的事情，林東聽著覺得倒也新鮮，他認真聽了聽，把市裏主要的派系記在心裏，這些對他日後都有幫助。吃完了晚飯，林東就上了樓。

他來到胡毓嬋的房門前。房門沒關，半敞著。

林東朝裏面望去，胡毓嬋穿著粉色的可愛睡衣靠在床上，手裏拿著ipad，正玩得不亦樂乎，似乎沒有發現林東已經到了門前。林東瞧了一會兒，這小丫頭已經十六歲了，正是含苞待放的花季年齡，全身上下散發著青春的氣息。

睡衣有些短，褲子是七分長的，露出胡毓嬋雪白的一截小腿和美麗的玉足。這丫頭玩著遊戲還不安分，一直晃動著小腿，晶瑩的玉趾不斷晃動，非常具有視覺衝擊感。

「咳咳……」

林東故意咳了兩聲。

胡毓嬋這才注意到門口有人，瞧見是林東，開心的把ipad扔在一邊，從床上跳了起來，「啊呀，林東哥哥你來啦，快進來。」

林東笑了笑，走進了胡毓嬋的閨房裏。這還是他第一次進胡毓嬋的房間，房間裏的裝修以粉色為主，粉色的牆壁，粉色的寫字台，粉色的衣櫥……

胡毓嬋下床走到門口，朝門外四處望了望，沒發現有人，於是就把房門關了。

「林東哥哥，你是不是感冒了？讓我摸摸。」

小丫頭不由分說，撲過來就要摸林東的額頭，林東避之如避猛虎，迅速的閃到一邊。

「小嬋，我沒感冒，我好得很，就是嗓子有點不舒服。」

胡毓嬋笑道：「哦，這樣啊，我這裏什麼藥都有，我來給你找金嗓子喉寶。」

林東趕緊說道：「小嬋，不用麻煩了，我吃過藥了。」

胡毓嬋似乎纏定了他，立馬說道：「林東哥哥，那我給你倒杯水吧。」

她拿起了自己外形精緻的粉色骨瓷杯子給林東倒了一杯水，端給林東，「林東哥哥，你就喝我的杯子吧，放心吧，我不會嫌棄你的口水的。」

林東注意到胡毓嬋臉上閃過一抹緋紅，心知不妙，女孩都把自己的水杯給他用了，能沒有問題嗎？

林東接過水杯，「有點燙啊，我先放著吧。」說完就把水杯放到了寫字台上。

「小嬋，飯前你說找我有話說，我來了，你說吧。」林東在寫字台旁的椅子上坐了下來。

胡毓嬋直直的朝他走來，低著頭，似乎有在他腿上坐下來的趨勢。

林東發覺不妙，立馬擋住了她，「小嬋，你坐床上吧，咱們離得遠點，可別讓我這咳嗽傳染給你。」

胡毓嬋坐在了床上，半天也沒開口說話。

氣氛忽然冷卻了下來，林東記得此行的使命，必須得為胡國權夫婦把情況打聽清楚，於是就主動挑起了話題。

「小嬋，在現在的班級還習慣嗎？」

胡毓嬋道：「不好，非常的不好。他們都知道我爸是副市長，所以很多人都巴結我，也有些人不理我。在溪州市我連一個真正的朋友都沒有。」

林東笑道：「怎麼會呢，你才來不久，過一段時間自然就會有很多好朋友了。」

他看到寫字台上的書本，笑著拿起了一本，翻了翻。「這就是你們現在的數學書啊，跟我們以前的大不一樣了。對了，你不是有話要跟我說的嗎？」

林東放下數學課本，隨手又把語文課本拿了起來，隨手翻了翻，在課本裏發現了一張白紙，一張畫了人像的白紙。他當場就驚呆了，白紙上的頭像與他的模樣驚人的相似。

天吶，這小丫頭不會是真的暗戀我吧？這讓我怎麼跟胡國權夫婦交代啊！

胡毓嬋紅著臉，低聲說道：「林東哥哥，我要說的都在那張紙上了，你已經看到了。」

林東靈機一動，裝糊塗道：「小嬋啊，這就是你喜歡的男生吧？嘿，別說長得跟我還有那麼一兩分相似。」

「不是……」

胡毓嬋想說什麼，卻被林東堵了回去。

「我像你那麼大的時候，喜歡過一個女生，可我沒敢說出口，也沒有你那麼好的畫工，只有把那段感情深埋在心底，然後發了瘋似的看書學習，因為那時候我窮啊，除了學習成績能引起別人的注意，我一無是處，所以只能拚命學習了。小嬋，你現在不同，你的條件要比當時的我好太多了，但是有一樣咱們是相通的，那就是都不應該說出來。想知道為什麼嗎？」林東臉上帶著親切的微笑，看著胡毓嬋，想要穩住她，一旦這小丫頭捅破了那層窗戶紙，那麼就真的沒法跟胡國權夫婦交代了。

胡毓嬋極感興趣的問道：「林東哥哥，為什麼呀？喜歡一個人，難道就不該說出來嗎？」

林東笑道：「因為說出來的話就會變得廉價了，甚至很可能會讓人瞧不起。你知道男生們喜歡什麼女生嗎？就是那種長得漂亮而又學習成績好的女生。小嬋你非常的漂亮，但學習成績我就不知道了。」

「你胡說，誰說男生都喜歡成績好的女生的？」胡毓嬋紅著臉爭辯道。

「因為我就是男的，我就喜歡成績好又漂亮的女生。」林東緩緩說道。

胡毓嬋一下子就不說話了，低著頭想了好一會兒。她喜歡的男人就在眼前，這個男人說了，他喜歡成績好的女生，而自己的成績卻很普通，如果把喜歡他的話說出來，林東哥哥一定會瞧不起自己的。

經歷了激烈的思想鬥爭，胡毓嬋決定暫時不說了，她要發奮學習，考一個好成績給林東看。

「林東哥哥，我明白了，你瞧著吧，我一定會好好學習的。」

林東心裏鬆了口氣，好在胡毓嬋都順著他的想法做，否則今天這事還真是不好辦，「小嬋，好好學習，爭取考上一所好大學，等你考上了大學，那時候戀愛就自由了，到時候如果你還喜歡那個人，就可以告訴他了。」

胡毓嬋嘟著粉嫩的小嘴，歪著頭說道：「考上大學，哇，好遙遠啊，林東哥哥，非要等那麼久嗎？」

林東點點頭：「我認為是！」

胡毓嬋指了指寫字台上的杯子，「水不燙了，林東哥哥，你快喝水吧。」

「哎呀，小嬋，我的嗓子好像沒事了，水我就不喝了。對了，你這張素描畫的很好啊，可以送給我嗎？」

這張素描是件危險品，是一顆隨時都可能爆炸的炸彈，如果被胡國權夫婦看到了，那麼胡毓嬋喜歡自己的事情就瞞不住了，所以必須要想方設法拿走「罪證」，雖然這一切都不是他的錯。

「林東哥哥，你要是真的喜歡就拿走吧，要多拿出來看看哦。」胡毓嬋非常開心的答應了林東。

林東把那張畫有自己頭像的素描揣進了兜裏，還是有點不放心，「小嬋，還有嗎？」

胡毓嬋搖搖頭，「沒有了，這是我花了半天時間才畫好的，你一定要珍惜我的勞動成果哦。」

林東點點頭，「以後不要畫了，抓緊時間好好學習，如果讓我知道你又浪費時間畫這個，我會不高興的。」

胡毓嬋豎起手掌，「林東哥哥，你不要不高興，我向你保證以後不再畫了。」

「小嬋真乖。」林東站了起來，「我得回去了。」

走到門口，回頭說道：「今天是你爸爸的生日，你爸爸那麼忙，推掉了很多事情回家吃飯，就是希望能陪陪你。小嬋，別讓你爸爸傷心了。」

林東下了樓，胡國權夫婦正在客廳裏焦急的等待。

「小林，怎麼樣，問出來了嗎？」

林東點點頭，釋然一笑，「胡大哥、嫂子，你們多心了，小嬋沒有戀愛。她畫的那幅畫我看到了，畫的是一個動漫人物，不是班上的男生。」

胡國權夫婦都鬆了口氣，「哎呀，那就好了。」

唐夢菲道：「老胡，咱們險些誤會孩子了，還是我說的吧，教育孩子不能粗暴，要有方法。」

林東告辭道：「胡大哥、嫂子，承蒙款待，不早了，我得回去了。」

回到家裏，林東打開門，看到屋裏的燈是亮的，就知道高倩已經回來了。他隨手帶上了門，走進了客廳裏，看到高倩正靠在沙發上看文件。

「回來啦，散步去了還是去唐大姐家去了？」高倩聽到他的腳步聲，頭也沒抬的問道。

林東說道：「先去散步，後來看到了胡大哥，把我拉到他家去吃飯，我才知道今天是他的生日。」

高倩抬頭笑道：「都怪我，這些天太忙了，忘了提醒你了，前些天我帶唐大姐去做臉，聊天的時候她跟我說起過胡大哥生日的日期，當時還想著回來之後提醒你呢，哪知事情一忙就把這事拋到了腦後。」

林東笑道：「這哪能怪得了你，不過胡大哥不是那樣的人，咱們若是做得太刻意了，反而會在他心裏留下不好的印象，從而影響兩家的關係。」他在高倩身旁坐了下來，摟著高倩的肩膀，在她臉上如玉的肌膚上親了一口。「嗯……真香。」

高倩渾身一熱，臉上已飛出片片紅霞，她這些天忙於公司的事情，晚上都是很晚才回來，而林東又不是天天在家，所以已經好些天沒有做了，不禁心神蕩漾，心中生出絲絲綺念。

「親愛的，我還有些工作要做，你先去洗澡吧，我很快就處理完了，在房裏等我。」

林東點了點頭：「那我去洗澡了，倩，你快點。」

林東上了樓，偌大的客廳裏又只剩下高倩一人。她回過心神，準備處理公務，但卻發現如何也沒法定下心來。

「該死的傢伙，害得我總是想著那事。」高倩感覺到面頰發燙，全身的細胞似乎都已躁動起來，已無心處理公務，但是她自己有個習慣，當天事情當天畢，絕不會拖到明天。

手裏是一份參加海選的選手資料，厚厚的一疊，足有上百張。這是公司的下屬篩選出來的個人資料，每一張上印有選手的彩色素顏照和各項資料，她手裏的這一百多份，全部都是有潛力的選手的。

負責海選的下屬把這些有潛力的參賽選手篩選出來，拿來給高倩過目，是讓高倩看看有沒有看著不錯的選手，如果有的話，可以在比賽中給予一定的照顧，以保證被高倩看中的選手能夠順利晉級。

高倩隨手翻了翻，她翻閱的速度極快。手裏的資料是按照選手自身的綜合素質來排的，越是上面的，基本上就越漂亮，而且都來自於名校。

當她翻到第九十七張的時候，手上的動作頓住了，並沒有立即翻過去。

「柳枝兒？」

高倩看著資料上姓名那一欄，只覺這個名字非常的熟悉，似乎在哪裏聽過。

她盯著柳枝兒的照片看了一會兒，猛然抬起頭朝樓底看了看，她的目光往上移，一直移到樓梯口的盡頭。林東在樓上，高倩記起來了，這個名字她就是從林東嘴裏聽到過的。她仔細回憶了一下，記起那是一次林東喝多了酒之後，在半醉半醒出於渾沌狀態之中呼喚的名字。

出於女人的天性，高倩沒法不重視這個柳枝兒。她仔仔細細的看了看柳枝兒的資料，在籍貫那一欄，填的是懷城，在家庭住址那一欄，填的是懷城縣大廟子鎮柳林莊。光從這些資訊來判斷，柳枝兒與林東不僅是同鄉，而且是一個村的。

高倩的腦海裏反覆的放映當時林東呼喊「柳枝兒」這個名字的時候臉上痛苦的表情，她幾乎可以肯定，林東與這個柳枝兒之間絕對有關係。

「他們現在還有沒有聯繫？」

高倩在心裏問自己，覺得自己從來沒有這麼驚慌失措過，一張資料就讓她如臨大敵似的。高倩看著紙上柳枝兒的照片，這個女孩在她的眼裏無疑是土氣的不能再土氣的，只是平心而論，這個女孩的五官都很不錯，如果好好收拾收拾，也不會比自己差多少。她把柳枝兒的資料揉成了一團，幾乎是用盡了全身的力氣。

「想演我公司投拍電視劇的主角？哼！」高倩咬著牙，臉上浮現出前所未有的冰冷表情，迅速的掏出手機，給下屬打了個電話。

「喂，張衛嗎？柳枝兒這個選手你也敢挑來給我看？她一個村姑有什麼好看的?張衛,你是瞎了眼嗎?」

高倩把負責海選的下屬狠狠的罵了一頓,電話那頭的張衛從沒見過老闆發那麼大的火氣,一時也不敢爭辯什麼,其實在他心裏,柳枝兒除了土氣之外,其他素質都挺好的,身段模樣都屬上等,演技雖然看上去仍有些生疏,但那是因為舞台表演經驗太少的緣故,假以時日,還是能成大器的,不過既然老闆點名說這個人不好,張衛也只能順著老闆的意思做,唯有在心裏暗歎柳枝兒命歹,誰讓她與老闆八字不合呢,否則老闆也不會因為看到她的資料而雷霆大發。

「高總,請您放心,柳枝兒這名選手下一輪一定不會晉級。」

高倩「啪」的一聲按掉了電話,把手機摔在沙發上,鼓著腮幫子氣呼呼的。

過了一會兒,她心裏稍微平靜了一些,展開手中被她握成紙團的柳枝兒的資料,看著紙上柳枝兒皺了的照片,嘴角泛起一抹冷笑。

「你算什麼東西?想要跟我搶男人,我會怕你嗎?」

高倩心中忽然湧起了一種強烈的鬥志,一種競爭的欲望。在她心裏,柳枝兒自然是處處都無法與自己競爭的,既然這樣,又何必在背後採取卑劣的手段呢。她倒要看看這個柳枝兒有什麼能耐,看看她到底能走到哪一步。

想到這裏,高倩拿起手機給張衛又打了個電話,依舊是沒有絲毫的鋪墊,上來就直說：「張衛，聽好了，不要去干預柳枝兒競選，不要在背後搞小動作，明白了嗎？」

雖然高倩的話說得非常的明白，但張衛卻是徹底的懵了，這前後的反差太大，以至於讓他都分不清那句是真，那句是假了。

「喂，你聽見沒有？」

張衛點頭道：「高總，我聽見了，放心吧，我一定按照您的吩咐。」

高倩「啪」的掛了電話，靠在沙發上深深呼了一口氣，而電話那頭的張衛卻徹底傻了，他拿著電話呆呆的看著，實在是不知道該怎麼辦，到底是做手腳淘汰柳枝兒呢，還是什麼都不做呢？

張衛決定下一輪先什麼都不做，如果柳枝兒能夠晉級，高倩如果大發雷霆的話，那麼就在下下輪做手腳將柳枝兒淘汰。

客廳裏安靜得嚇人，除了掛鐘搖擺的聲音，就剩下自己喘氣的聲音了，高倩從沙發上站了起來，把資料放進了包裹，就像是什麼都沒有發生過似的，理了理頭髮，露出一抹燦爛的笑容，抬起腳步上了樓。

第六章 吃肉的豺狼

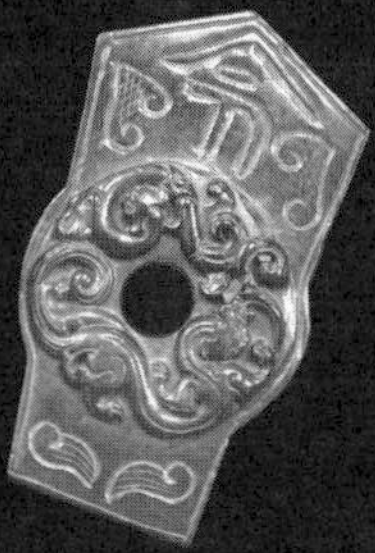

萬源笑道：「金老弟，如果哪天我把姓林的給烤了。他的肉你敢不敢吃？」

金河谷抬起頭，語氣堅定的說道：「敢！老子做夢都想吃他的肉！」

作為男人炫耀的兩項資本，女人和事業，這兩樣金河谷全部輸給了林東。

這也正是他恨林東入骨的原因。

林東在臥室的浴缸裏泡澡，高倩沒有進主臥室，而是去了旁邊的客房，那間房是她的，不過大多數的時候她都睡在主臥室裏，偶爾林東不在的時候她才會睡在旁邊的客房裏。

房間裏的衣櫥內掛著滿滿的衣服，都是她的。

拉上窗簾，高倩站在那兒，把身上的衣衫一件一件脫了下來，一絲不掛，露出一具完美的胴體。她對著鏡子欣賞鏡中的自己，微微一笑，給自己打了個八十五分。自從和林東戀愛之後，她為了向愛人呈現最美好的一面，一直以來積極減肥，一年之前身上還有的嬰兒肥都不見了，現在的她，全身上下沒有一丁點贅肉。

進了浴室，高倩打開蓮蓬頭，任憑溫熱柔和的雨露澆遍自己的嬌軀，匯成細流，從她胸前的山峰之間湍急落下。沐浴之後，擦乾了身上的水珠，被熱水清洗過的肌膚上泛起一層紅暈，看上去更加的令人心動。

高倩赤著腳走到衣櫥前面，從裏面找出一件真絲鏤空的性感睡裙，穿上之後又在身上灑了些名牌的香水。她化了個淡淡的妝，對著鏡子看了看，現在至少可以打九十五分了，這才滿意的離開了房間，朝主臥室走去。

林東此刻已經泡好了澡，正靠在床上看書，高倩晶瑩玉潤的腳掌踩在地毯上，根本沒有發出一點聲音，不過香風卻已經吹到了林東的面前。聞到了令男人興奮的香氣，林東抬起頭，看到扶著門框的高倩。

「倩，你……」

他本想說些什麼，卻發現什麼都說不出來了，目瞪口呆的看著門框下的高倩。

「怎麼了？」高倩柔聲問道。

林東的喉頭聳動了一下，已感到全身開始燥熱起來。「沒怎麼，倩，你今晚看上去有些不一樣。」

高倩溫柔一笑：「我哪裏不同了？你倒是說出來啊。」

「香……」

「老公，我工作了一天了，腳好累啊，走不動了怎麼辦？」高倩俯身搥著細細的小腿，胸前毫無束縛的兩團軟肉自寬鬆的睡裙中暴露了出來，形成了一副誘人犯罪的畫面。

「我來抱你。」

林東掀開被子，翻身下了床，火急火燎的跑了過去，抱著高倩上了床。

溪州市的梅山上，一輛車沿著山路緩慢的向山上開去。到了山腰處的一棟別墅前，車子停了下來。車門打開，金河谷從車裏走了下來。他朝眼前的別墅看了一眼，皺了皺眉頭，扔掉了嘴裏的煙頭。

「他娘的，竟然約在這種鳥不拉屎的地方！」

金河谷破口大罵了一句，朝地上吐了口痰，滿山都是回聲。

眼前的別墅正是汪海以前的梅山別墅，後來因為欠劉三的高利貸沒法還，就把梅山別墅抵押給了劉三。劉三得到這棟別墅沒多久，一次喝多了酒之後一睡就沒醒過來，暴斃而亡，死因是心肌梗塞。

汪海落得個萬貫家財皆空的下場，劉三落得個身死人亡的下場。這座梅山別墅瞬間成了人人眼中的不祥之物，圈裏所有人都說這是一棟凶宅。劉三的家人也都從這棟大宅裏搬了出來，劉三的兒子想把這宅子賣掉，開價五百萬都無人問津，於是只好扔在這裏，也沒派人打掃，任憑宅子荒廢下去，這還不到半年，宅子前面已經長滿了野草。

金河谷也曾聽說過梅山別墅這棟凶宅，若是平時，他斷然是不肯來這種地方的。他環目看了看，這四下裏荒涼一片，連個人影都沒有，如果有人想對他不利，暗中埋伏了幫手，那他這次很可能就要把命丟在這裏了。

想到這裏，金河谷的內心瞬間就被一股濃濃的不祥的預感籠罩住了，他忘了和無名人的約定，立馬就往車子走去，心想越快離開這裏越好。

還沒走到車門前，就聽身後傳來了梅山別墅大門被拉開的聲音。院門許久未開，已經生銹了，所以被拉開的時候發出轟隆的巨響。

「金大少，面還沒見，怎麼急著走啊？」

金河谷腳步一頓，轉身望去，見門外站著一個瘦高個，那人帶著深灰色的鴨舌帽，帽簷壓得很低，看不清長什麼模樣。只看見那人的嘴角上揚，似乎掛著一抹笑意。

金河谷並不是膽小之人，心想既然無名人約他過來，那必然是有事情的，而且事情跟林東有關，他就不得不來了，「閣下莫非就是約我來這裏的無名人嗎？」

那人嘿嘿一笑，「正是正是，金大少，敢不敢到裏面坐坐？」

金河谷還真有些膽怯，誰知道這荒棄的梅山別墅裏有什麼名堂。但無名人挑明了問他敢不敢，若是不去，倒顯得他膽小了，於是就說道：「裏面有什麼好的，閣下不妨過來聊聊。我車裏有雪茄有紅酒，都是上等貨，可以與你分享分享。」

那人笑了笑，「金大少就那麼沒膽子嗎？難怪三番五次輸給姓林的，算了吧，我要找的是個膽大的主兒與我幹一番大事。既然金大少是個膽小鬼，那接下來我要談的事情你也做不來了，那就不留你了，恕我不遠送。」

金河谷明知這是那人的激將法，但被人罵是膽小鬼的滋味實在不好受，心想既然這人有事情跟他談，應該不會傷害他，於是就壯起膽子，邁步朝前走去。

進了院子裏，那人重新把門關上，這才摘下了帽子，以真面目示人，竟然是在溪州市消失已久的萬源！

金河谷覺得這瘦高個看上去有些眼熟，卻想不起在哪裏見過。院子裏還有一個人，那個人坐在那兒，手裏拿著斧子，正在劈一個乾了的大樹根。那斧子少說也有二十斤重，被那皮膚黝黑的漢子輕鬆的舉起，水牛背那麼大的一個樹根被他從上面劈到下面，分成兩半。

「好大的力氣啊！」金河谷由衷的讚歎一聲。

那人卻像根木頭似的，似乎沒聽到，依舊木然的劈著樹根，將很大的一個樹根劈成了一小塊一小塊。

「金大少，別看他了，咱們過去坐下聊。」萬源的臉上多了道傷疤，四寸多長，像是隻百足的蜈蚣附在了他的臉上似的。

二人來到院中梅樹下面，在椅子上坐了下來。

金河谷不想兜圈子，說道：「閣下約我過來是為了什麼要緊的事呢？」

萬源笑道：「正如我電話裏跟你說的那樣，是跟林東有關的。」

金河谷微微笑道：「林東？呵呵，這人跟我有什麼關係，我不關心他。」

「你不關心就不會來了。」萬源算準了金河谷的心思，笑聲有些乾澀，聽上去十分刺耳。

金河谷道：「那你說說，到底是個什麼事情？」

萬源點了根煙，慢悠悠的抽了起來，不急不躁，把金河谷晾在一邊，也不說話。

院子裏黑皮膚的漢子已經劈好了樹根，這時已經開始點起了火，很快就把木塊燒著了，火燒得越來越旺。那漢子把背上的布袋子解了下來，往地上一放，解開布袋口，從裏面掏出了一隻死兔子，當場剝了皮掏空了內臟，血腥味四處瀰漫，然後就架在火上烤了起來。

金河谷看得一陣陣噁心，胃裏翻滾不止，過了一會兒，實在是忍不住了，跑到一旁吐了出來。

萬源卻像是若無其事的樣子，坐在那兒翹著二郎腿，抽著煙，面帶微笑的看著眼前的這副血腥的畫面。

金河谷坐不住了，他實在不想再在這裏待下去了，他幾乎是不能呼吸了，因為吸進肺裏的每一口空氣都是汙濁的，都被濃濃的血腥味污染了。大腦像是不受控制似的，來回的放映剛才那黝黑膚色的漢子剝皮取內臟的情景，這已令他吐空了腸胃，再吐就得吐黃水了。

萬源抽了一支煙，把煙頭丟在腳下踩滅了，朝金河谷望去，發現他臉色慘白，笑道：「金大少，你覺得殘忍嗎？」

「廢話！」

金河谷勃然大怒，早知是這樣，就算是八人大轎請他來，他也不會來這裏看這血腥噁心的一幕。

萬源卻是嘎嘎的笑了起來，「這就叫殘忍了？金大少，其實你不該那麼大的反應啊，因為你可比扎伊殘忍多了。」

扎伊正是黝黑膚色那漢子的名字，萬源收服的手下。

金河谷瞪眼朝萬源吼道：「胡說，我什麼時候有他那麼殘忍了！」

萬源冷冷一笑，「他不過是宰了一隻兔子，而你呢？你敢說你沒害過他人家破人亡、妻離子散？」

金河谷想起他曾經睡過的幾個少婦，被人家老公發覺之後要告他，最後都被他用見不得人的手段搞定了，有幾個還真的因為他家破人亡。

金河谷無言以對，捂著口鼻，隨著兔肉被烤的時間越來越長，血腥氣也就越來越淡了。

萬源指了指旁邊的椅子，示意他過來坐，「金大少，你今天有口福啦，扎伊烤的肉非常好吃，待會兒嘗嘗吧。」

金河谷一屁股坐在椅子上，「你還是快點跟我說正事吧，我現在胃裏直犯噁心，對什麼都沒胃口。」

萬源依舊是一副不急不躁的模樣，嗅了嗅鼻子，朝扎伊吼道：「扎伊，能吃了吧？」

扎伊嘴裏含糊不清的吐了幾個字，聽上去不像是中文，金河谷見他從懷裏拿出一把匕首，把兔子腿割了下來，跑過來遞給了萬源，嘴裏依舊是嘟囔著誰也聽不懂的鳥語。

金河谷真的有些著急了，萬源約他過來，到這裏卻拉著他看一個野人劈柴烤肉，萬源葫蘆裏賣的什麼藥，他真的是猜不透。可惡的萬源卻並不知道他心裏有多著急，反而慢條斯理的啃起了兔腿，金河谷側眼一看，這兔肉最多烤得五分熟，肉裏還往外冒血水，看得他胃裏一陣翻滾，又有點想要嘔吐的感覺了。

「金老弟，要不要來一塊？」萬源笑嘻嘻的看著他，嘴角沾滿了紫紅色的血液，模樣看上去有些猙獰。

金河谷趕忙擺手，「我不要，你自個兒慢慢享用吧，我還有事，告辭了。」

他站了起來，萬源卻向他招招手，「金老弟，稍安勿躁，待我啃了這隻兔腿，立馬和你商量正事。」

金河谷心想既然已經等了那麼久了，總不能就白來一趟，於是就耐著性子又等了一會兒。

萬源啃完了兔腿，把骨頭往旁邊地上一丟，抹了抹嘴，一副意猶未盡的樣子。

「現在可以說正事了吧？」金河谷趕忙說道。

萬源點了點頭，笑道：「金老弟，我問你一句，如果哪天我把姓林的給烤了，他的肉你敢不敢吃？」

金河谷沉默了片刻，抬起頭，語氣堅定的說道：「敢！老子做夢都想吃他的肉！」作為男人炫耀的兩項資本，女人和事業，這兩樣金河谷全部輸給了林東，這也正是他恨林東入骨的原因。

「好！」

萬源高聲叫好，拍了拍巴掌，「金老弟，你有這樣的勇氣就足夠了。」

金河谷道：「老哥，林東和你也有仇？」

萬源臉上的肌肉抽搐了幾下，「不共戴天之仇！」

「我看你有些眼熟，只是一時想不起來在哪見過，冒昧問一句，請問尊姓大名？」金河谷笑道。

萬源咧嘴嘿嘿嘿笑了笑，「竟然還有人記得我，也不瞞你了，我叫萬源，至於咱倆以前見沒見過，我就不敢確定了。」

金河谷眉頭一皺，心裏反覆將「萬源」這名字念了幾遍，猛然想起，「哦，你是東華娛樂公司的老總萬源，難怪看著有些眼熟！」

提起東華娛樂公司，萬源神色一暗，當初他人在香港，收到事情敗露的消息，得知大陸警方已在通緝他，於是立馬就打點行裝，連家也沒回，開始了他的逃亡生涯。

在逃亡的路上，幾次命懸一線，好在他福大命大，每次都能化險為夷，不過在緬甸邊境遇到了匪徒，臉上被砍了一刀，留下了一道蜈蚣形的傷疤，令原本看上去有些柔弱的他現在看上去有些猙獰。萬源經常撫摸臉上那道永遠也抹不去的痕跡，這可以令他想起這半年來他是如何度過悠長歲月的，痛苦的回憶會提醒他不忘心裏的仇恨。

而現在，萬源坐在梅樹下，右手細長的食指撫摸著臉上那道蜈蚣形的傷疤。

「萬總，說吧，你到底有什麼要與我商量的。」

得知這看上去有些面熟的男子的真正身分之後，金河谷對萬源換了一種稱呼，不過語氣之中卻略帶著輕蔑，就連火堆旁邊的野人扎伊都聽出來了，回過頭以野獸般兇橫凌厲的目光看著金河谷，似乎是只要主人一聲令下，他立馬就躥過去宰了那個對主人不敬的傢伙。

「扎伊，沒你的事，金老弟是我的朋友，不要那麼看著他。」萬源面帶微笑的說道，朝扎伊揮了揮手。扎伊扭過了頭，坐在火堆旁邊吃起了烤肉。

隨著兔子被火燒烤的時間越長，肉的香氣就愈發的濃郁起來。金河谷什麼山珍海味都吃過，但剛才胃裏的食物全部吐光了，現在不免覺得有些餓了，而且這烤兔子肉的確是香氣誘人，令他不禁口舌生津，但一想到不久之前扎伊給兔子剝皮取內臟的殘忍血腥的場面，心裏就一陣陣的犯噁心，令他食欲全無。

火堆上的兔子肉油光閃閃，空氣中瀰漫著濃濃的香氣，伴隨著微微烤焦了的肉味，實在是誘人饞蟲的緊。

金河谷的喉結聳動了一下，萬源注意到了他這個細微的動作。

「嘿，扎伊，切塊肉來。」萬源朝扎伊吼道。

扎伊嘴裏嘟囔了一句，切了一塊肉遞了過來，萬源指了指身旁的金河谷，意思是說給金河谷吃。扎伊嘴裏發出鳥語，聽語氣看神態都是不大高興，很不情願的把手裏的肉送到金河谷面前。

金河谷卻是遲遲不肯伸手接下，就聽萬源在一旁說道：「金老弟，你如果連兔子的肉都不敢吃，那還談什麼吃姓林的肉？要我如何相信你有膽識與我共謀大事呢？」

金河谷聽了這話，猶豫了一下，還是伸手把烤熟的兔子肉接了過來。萬源哈哈一笑，模樣甚是得意，「吃吧金老弟，這是烤得熟透了的肉，不會見到血的。」

萬源這麼一說，金河谷心裏又犯起了噁心，腸胃抽搐了幾下，而胃裏早已空無一物，所以沒什麼可吐的了，只能乾嘔幾下。

過了一會兒，金河谷的胃停止了抽搐，而卻怎麼也吃不下手裏的那塊烤兔肉，想把它扔了，但看到扎伊兇狠的目光，知道他若真是把手裏的烤兔肉扔了，扎伊這個野人就能把他殺了放在火上烤了。

「我一直以為金老弟是個狠角色，但從今天的表現來看，外面的傳言不可信吶。不過是一塊兔肉，有什麼難以下嚥的？說句難聽的話，金老弟你連殺豬屠狗之輩都不如，他們每天幹著殺生的活，雙手沾滿鮮血，還不是吃得下睡得香，再瞧瞧你現在這模樣，我真是很失望，看來找你合作，應該是我錯誤的選擇。罷了罷了，你如果真的吃不下，就把烤肉扔了吧，咱們今天也就到此為止，就當沒見過。」

金河谷的雙眼死死盯著手中的烤兔肉，雙目充血，臉上已經冒出了細細密密的汗珠，鼻息漸漸粗重起來，像是做了什麼重大的決定似的，猛然合上了眼睛，張嘴啃噬起來。

拳頭大的一塊肉很快就被他吞進了肚子裏，等到張開眼睛的時候，再也聞不到空氣中有絲毫的血腥氣。

萬源沉聲問道：「金老弟，這烤肉的味道如何？」

金河谷重重點頭，「好得很，確實是人間美味。」

萬源一招手，「扎伊，把剩下的全部拿過來給我的貴客！」

扎伊嘴裏嘟囔了幾句，誰也聽不懂他說什麼，不過從表情可以看出，他十分不喜歡金河谷，不知是不是因為這個陌生人吃了他辛苦烤出來的兔子肉的原因。但主人的命令他不得不聽，他向烏拉神祈禱過，誰能救他母親的生命，就會以一生的時間來報答他，做牛做馬，為奴為僕。

心裏的底線一旦被擊穿，那麼很可能的結果就是愈加的放縱自己，金河谷就是這樣，在他咬下第一口之後，發現了這烤肉滋味的美好，便一發的不可收拾，貪得無厭如豺狼一般，把剩下的全部吃了下去。

胃裏重新被食物填滿，這令他感到十分的舒坦，靠在椅子上，閉上眼睛，享受柔和的陽光照在臉上，輕輕的微風吹在臉上的愜意時光。時移世易，現在來看，倒是金河谷不著急了。

「古人歃血為盟，咱們今天同吃一隻兔子，也算是成為盟友了吧。」萬源哈哈笑道。

金河谷道：「你說是就是吧。」

萬源往前欠了欠身子，說道：「咱們現在來談一談正事。」

金河谷睜開了眼睛，意態慵懶：「說吧。」

萬源眸中閃過一道淩厲的凶光：「姓林的害我有家不能回，害我四處逃亡，死裏逃生，過著人不人鬼不鬼的日子，這筆賬我必須找他討回來。」

萬源也曾過著人上人的日子，經營一家娛樂公司，睡的都是女明星，而現在卻整日躲在深山老林裏，這要他如何才能平息心中的怨怒。金河谷仔細聽完萬源的敘述，才明白為什麼這個傢伙那麼恨林東。

金河谷不解的是，以萬源現在自身難保的境況，談什麼和他聯手對付林東，多了一個人，反而是多了個累贅。金河谷雖然對萬源對付林東的決心沒有絲毫的懷疑，但對於他能貢獻出多大的力量，卻是在心裏打了個大大的問號。

「萬總，咱們聊了那麼多了，我覺得一直都是題外話，說正經的，怎麼對付林東才是最關鍵的。」金河谷含笑說道。

萬源點了點頭，扔掉了手裏的煙頭，「對付他最好的辦法就是……」

萬源並指成刀，在自己的脖子上抹了一下，他的辦法就是幹掉林東，只有毀掉林東的肉體，他才能從仇恨中解脫出來。

金河谷驚的半天沒說話，他並不是沒有想過幹掉林東，但那只是在氣頭上的時候，是衝出理智範圍的想法，從內心來說，他從沒有要殺掉林東的想法。生意場上的事情就在生意場上解決，這是金家的家規祖訓，他自小就受著這樣的教育。

「不行，這是犯罪！」

考慮了片刻，金河谷慌張的搖了搖頭，否定了萬源的提議。

「犯罪？」萬源呵呵一笑，「你金大少犯的罪還少嗎？淫人妻女，奪人所愛，生意場上詭計使盡，難道這都不是犯罪嗎？」

金河谷擺擺手，「那不一樣，我從來沒有殺過人。」

「對，你是沒有親手殺過人，但卻有不少人因你而死。這些都無需我多說，你心裏比我清楚。有些人跟你無冤無仇，還落得個家破人亡的下場，姓林的騎在你頭上拉屎屙尿，你怎麼倒軟弱的像個娘們？」萬源冷言嘲諷。

金河谷的臉色一變再變，「萬總，殺人可不是小事，事情若是敗露了，那可是要坐牢，甚至有可能槍斃的！」

「放心，無需你金大少親自動手。我只問你，你有沒有這個膽量幹掉林東。」

萬源直視金河谷的雙目，「看著我，然後回答我！」

金河谷沉默了片刻，仍是沒有勇氣直視萬源。

「唉……」

萬源哀歎一聲，語氣悲涼的說道：「我和林東那小子交手比你多，對他的瞭解也比你深，如果今天坐在這裏的是他，他絕不會像你這般優柔寡斷，畏首畏尾。有一點我不得不佩服姓林的，就是他的果敢狠絕！這一點你不如他，所以你一輩子都鬥不過他，總是會活在他的陰影之下。既生瑜何生亮。金大少，姓林的存在於這世上一天，你就活在痛苦之中一天。」

「你放屁，我哪裏不如他了！」

金河谷暴跳如雷，指著萬源的臉怒吼道。扎伊聽到了動靜，刷的拔出了短刀，那刀刃上還殘留著血跡，泛著冷光，和他的眼眸一般淩厲冷酷。扎伊張著嘴，露出陰森的白牙，握緊短刀。前腿前弓，做好了撲殺的準備，而金河谷在他的眼裏，跟一隻毫無反抗能力的獵物沒什麼區別。

而萬源卻仍是一副笑嘻嘻的模樣，對於金河谷的怒罵，他像是一點反應都沒有，看不出絲毫的憤怒。

「扎伊，我說過了，金老弟是我的貴客，別拿刀對著他！」萬源不僅不生氣，反而喝斥扎伊，要他放下短刀。

扎伊嘴裏嘟嘟囔囔，然後放下了短刀，鷹一樣的雙目依舊死死的盯著金河谷。

金河谷對這個野人實在有些怵，扎伊渾身上下散發出兇狠的殺氣，金河谷總感覺在扎伊的眼裏，他就是個任人宰割的獵物。

「金老弟，好好考慮考慮，我說的法子是不是個一勞永逸的好法子？」萬源呵呵笑道。

金河谷搖搖頭，「太冒險了，搞不好咱們都得完蛋！你是亡命之徒，我沒必要跟你一起冒險。」

萬源也不著急，金河谷說的有道理，要他馬上答應下來是不可能的，於是就說道：「也不是非要你馬上答應我什麼，金老弟，咱們今天就聊到這兒吧，回去之後仔細考慮考慮。」

萬源起身送金河谷到門口，走到門外，金河谷忽然停下了腳步，扭頭問道：「萬總，你是不是已經想好了萬全之策了？」

「萬全之策？呵呵……」金河谷笑了笑，「如果有，那麼你信嗎？沒有什麼是萬全的，但是方法我的確是有。」

金河谷點點頭，「好，我會好好考慮的。」

往前走了幾步，金河谷又轉身問道：「你就不怕我把你賣了？別忘了你可是通緝犯啊。」

萬源哈哈一笑，「你不會的。」

目送金河谷開車離去，萬源這才回到院子裏，重新關上了房門，他在等待金河谷的答覆，他知道金河谷肯定還會再到這裏來的。

從梅山別墅出來之後，金河谷一路開車下了山，其實他的心裏亂得很，連自己也不清楚此刻心裏真正的想法。自打林東出現在他的視線範圍之內，他的確就沒有過得舒服過，那個什麼都不是的傢伙一直壓制著他，讓自己這個天之驕子感到了深深的挫敗感。但是說起仇恨，金河谷還真是沒有想過要通過毀滅對方肉體的方式來報仇。殺掉林東固然可以一了百了，不過卻也會喪失許多樂趣，當然不會有堂堂正正擊敗林東來得快感更多。

「萬源已經迷失了，我不能和他一樣，不能答應他。」

冷靜了過後，金河谷在心裏告誡自己，就把今天見到萬源的事情當做一場夢。

回到公司，金河谷一刻也未停歇，馬上打電話問了問齊寶祥招工的情況，令他失望的是，到現在為止，齊寶祥只找來了十幾名工人。他在電話裏把齊寶祥破口大罵了一頓，國際教育園是穩賺錢的一個專案，現在基本上處於停工狀態，金河谷急得跟熱鍋上的螞蟻一般，可除了把齊寶祥罵一頓，他也只能乾著急。

齊寶祥在電話裏訴苦連連，現在的建築工太難找了，許多人一聽是這個專案，都不願意過來，他建議金河谷開出高薪，以這種方法拉攏一些工人過來，卻被金河谷一口否決了。

掛了電話，金河谷想到一個人，這個專案那個人也有份，不能什麼事情都他一個人做。

第七章

犧牲情人的代價

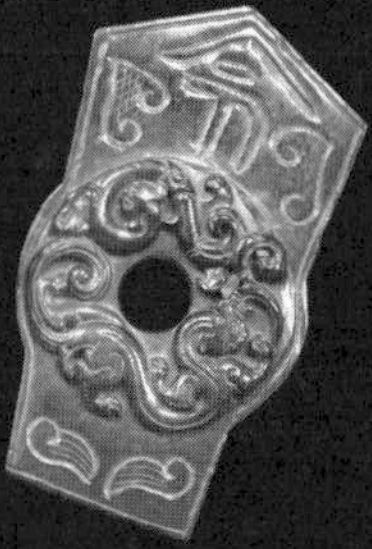

金河谷冷眼觀察對面的情形。

他見石萬河一步一步上鉤，心裏得意萬分，

絲毫沒有因為自己的女人被其他男人輕薄而感到羞辱和憤怒。

在他眼裏，關曉柔的存在無足輕重，只要能為他帶來需要的利益。

即便是犧牲十個關曉柔這類的情人，他也絕不會吝惜。

當初在競爭公租房專案的時候，金河谷找到了石萬河，私下與萬和地產達成了協議。萬和地產是溪州市的老牌地產公司，曾被金河谷認為是金氏地產競爭公租房最大的對手，所以他向石萬河允諾，只要萬和地產退出競爭，至少可以得到金氏地產在蘇城國際教育園百分之十五的股份。

雖然最終的結果是公租房被林東的金鼎建設奪走，但因之前已經簽下了合約，所以石萬河順利的拿到了國際教育園百分之十五的股權。金河谷認為，現在國際教育園這個專案不是他一個人的，現在專案遇到了困境，他認為石萬河不能袖手旁觀什麼都不做。

拎起辦公桌上的電話，金河谷就給石萬河撥了過去。

石萬河的秘書接了電話，金河谷懶得跟她囉嗦，直接讓秘書把電話切給石萬河。

石萬河拎起電話，聲音依舊是那麼的沉穩，「請問是哪位？」

「石總，我是金河谷。」金河谷冷冰冰的報上了自己的名號。

石萬河呵呵一笑，「哎呀，金總啊，一向可好？」

金河谷道：「還算將就，石總，有時間嗎，咱們見個面吧。」

電話那頭沉默了一下，「今晚，你安排一下地方吧。」石萬河說道。

金河谷掛了電話，想了一下，畢竟是他有求於石萬河，剛才的態度有點差了，今晚該搞得隆重點，緩和一下與石萬河的關係。他把關曉柔叫了進來，吩咐她親自去辦這事。

關曉柔知道這件事非同小可，若不然金河谷也不會叫她親自去辦，於是就在溪州市最好的私人會所明皇天地定了位置，並親自挑選了幾個姿色上乘的陪侍女郎，回來之後，將安排與金河谷說了一下。

金河谷聽完了之後頗為滿意，關曉柔最近有不小的長進，以前總是喜歡管他，現在好了，對他的事情不聞不問，該做什麼就做什麼，只是要的錢比以前多了不少。金河谷最多的就是錢，多給點錢他根本不在乎，而他卻是不瞭解關曉柔的心思。

關曉柔已經徹底認清了這個男人，知道根本無法從他身上得到真正的愛情，在金河谷的心裏，她只是個泄欲的工具，與會所的女郎並無區別，等到人老色衰，或是惹了金河谷不生氣，她很可能會被掃地出門，從此又變得一無所有。

偶然的一次機會，關曉柔在網路看到了一篇文章，猛然醒悟，既然無法從這種人身上得到愛情，那麼又何不換個思路，從他身上拿點別的呢？關曉柔開始為自己考慮了，思來想去，覺得只有錢是最實在的。

她已經從金河谷的別墅裏搬了出來，理由是兩個人上班在一起，下班還在一起，會降低彼此之間的吸引力。金河谷早已嫌關曉柔住在他的別墅礙手礙腳，不方便他往家裏帶女人，聽了關曉柔的要求，不假思索的答應了下來，並且很豪邁的給關曉柔在一個高檔社區內買下了一套上百平米的房子。

與石萬河約了晚上七點在明皇天地見面，金河谷一直在辦公室裏待到六點鐘，公司裏大部分員工都已下班了，因為他沒走。所以作為秘書的關曉柔也沒走。六點的時候，金河谷拿起了外套往外走，到了外間的辦公室，瞧見關曉柔正托著粉嫩的腮幫在想事情。

「曉柔，想什麼呢？」金河谷停下來問道。

關曉柔猛然回過神來，驚慌的擠出一絲笑容，「沒想什麼，有點無聊，所以就走了走神。金總，下班了嗎？」

金河谷點點頭，「你很無聊嗎？那麼就跟我一起去明皇天地吧。」

關曉柔從不違抗他的意思，於是就穿上了外套，拎著名貴的坤包與金河谷一前一後離開了總裁辦公室。金河谷開車，二人直奔明皇天地去了，到了那兒，時間才六點四十。

金河谷去包房裏休息去了，關曉柔留在門口等候石萬河的到來。

一直到了晚上七點半，石萬河才趕到明皇天地。

他是一個人來的，開著一輛寶馬，停好了車，一眼就看到了站在門口的關曉柔，臉上浮現出一絲微笑。他們之前見過，所以彼此算是臉熟。

「石總，裏邊請，我們金總已經在裏面恭候多時了。」

溪州市四月底的天氣不算冷也不算熱，但晚上還是比較冷的，而關曉柔卻穿著緊身的短裙，露出白花花的美腿，估計是站在外面等得太久了，肩膀往內縮著，把胸前的兩團軟肉擠得愈發鼓漲。

石萬河的目光就沒離開過關曉柔的身上，臉上掛著意味深長的笑意，「小關是吧？」

關曉柔點點頭，立馬雙手遞出了名片，「石總，還望多多關照。」

石萬河看了一眼，把名片收進了懷裏，點頭笑道：「好說好說，小關，在金總的公司做得還好吧？」

關曉柔一時沒明白石萬河話裏的深意，連忙說道：「很好，金總很照顧我。」

話說了出去，才反應過來，石萬河明明就是話中有話，難道他是在暗示我什麼？關曉柔不禁胡亂揣測起來，在她看來，石萬河除了年紀比金河谷大之外，其他各方面也都還好，至少人看上去非常和氣，有種溫文爾雅的感覺，有些書卷氣。

關曉柔走在前面帶路，而石萬河走在後面卻一直盯著她的一雙美腿，目光不斷的上下移動，心裏對關曉柔的身材讚不絕口。石萬河前年妻子因為乳腺癌死了，現在單身一人，以前妻子在世的時候，他是個妻管嚴，不敢在外面胡來，現在沒人管他了，就像是綻放了第二春似的，已經與公司的好幾名年輕貌美的下屬搞在了一起。

頭一次見到關曉柔，他沒怎麼注意，這次再見面，第一眼就被關曉柔的性感與美麗征服了，感覺一下子回到了二十幾年前，有種興奮與衝動在血液裏凝聚，讓他心裏充滿了征服的欲望。

「石總，前面那間就是咱們的包房。」

關曉柔回頭說話，卻發現石萬河正死盯著自己暴露在短裙外面的大腿在猛咽口水，芳心怦然一跳，看來方才的想法不是她一廂情願，原來這個石萬河是真的對自己有些想法。

「哦，到了嗎？」

石萬河發現被察覺，尷尬一笑，「這地方我從沒來過，真大啊。」

關曉柔推開包廂的門，「金總，石總來了。」

石萬河走進了包廂裏，金河谷從沙發上站了起來，走上前去擁抱了一下。

「石總，早就想和你敘敘了，這段時間忙啊，總算是得了個空子，這不第一時間就想到請你到這邊輕鬆輕鬆。」

石萬河的個子要比金河谷矮一截，說話的時候得仰視才能看得見金河谷的表情，而他卻是目光直視，看也不看金河谷，「金總，咱們是該多走動走動，否則溪州市以後的地產市場，就沒咱兩個什麼事情了。」

二人坐了下來，石萬河往沙發上一靠，歎了口氣。

金河谷笑道：「石總，今天出來就是放鬆來的，先把煩心的事情拋到腦後吧。」說完，朝關曉柔說道：「上點節目。」

關曉柔點點頭，走出了包廂，很快就有四名穿著亮晶片短裙的妙齡女郎走了進來。這四人往金河谷和石萬河的面前一字排開，每個人都堪稱一等一的大美人。

「石總，你看還行嗎？」金河谷側著臉笑問道。

石萬河搖搖頭，「漂亮是漂亮，就是有些俗氣了。」

金河谷聽了這話，揮了揮手，「曉柔，換一撥過來。」

那四名女子面露失望之色，排成一隊離開了包房。

「我聽說這明皇天地有什麼帝王浴，一直只是耳聞，沒能親眼所見。金總，你見過嗎？」石萬河嘿嘿笑道。

金河谷道：「我也沒見過，那麼咱們今天就上這節目玩玩？」

「也好，嘗個鮮，開開眼。」石萬河點頭說道。

關曉柔轉身走開了，過了一會兒，帶了八名身穿古裝的女子過了來。

石萬河朝金河谷笑了笑，「金總，這個有點意思啊。」

這八人全部穿著唐朝時宮中貴妃的服裝，就連髮飾都仿照唐時，看上去一個個貌美如花，韻味十足。

「你們都叫什麼名字啊？」金河谷看著眼前的八個天仙，笑問道。

從左邊開始報名，「我叫珍妃。」

「我叫宸妃。」

「我叫華妃。」

……

其中七人紛紛報上了代號，只有最右邊那個穿著華貴美豔的鳳袍的女子不曾開口，這八人當中，也要屬她最為美豔。

「唉，最右邊那個，你怎麼不報名啊？」金河谷指著那女子道。

關曉柔忙說道：「二位老總，最右邊那位是明皇天地的花魁，來這裏的恩客都稱她作『楊貴妃』呢。」

「妾身楊玉環，拜見二位貴客。」

「楊貴妃」欠身行了個禮。

「楊貴妃？」

這下金河谷和石萬河都坐不住了，紛紛往前欠了欠身子，細細的打量起離他們兩米之距的「楊貴妃」來。

包廂內的光線有些昏暗，「楊貴妃」的臉上如蒙了一層輕紗似的，令人看不真切，有種虛幻的感覺。

明皇天地裏的小姐是分等級的，仿照唐朝後宮，最差的是才人，最高級的就屬貴妃這一級了，而整個明皇天地也只有三名貴妃，可謂是鳳毛麟角，因此也異常的珍貴。

關曉柔見這兩個男人看得傻了眼，咳了一聲，「二位老闆，帝王浴是不是可以開始了？」

「好，開始。」

七名「妃子」級別的女侍上來為金河谷與石萬河寬衣解帶，很快便為他倆換上了一套帝王裝束，除了沒有頭戴金冠，其他都不缺了，做工精緻的龍袍玉帶在燈光的照射下熠熠生輝，折射出紙醉金迷的虛幻光影。

包房裏面的電動木門打開了，裏面是一個很大的碧玉池子，寬約六米，長約九米。池子裏的溫泉正冒著熱氣，氤氳瀰漫，很快就瀰漫到了外面，包廂內像是上了大霧，霧氣沉沉，一切都顯得不大真實了。

關曉柔在沙發上坐了下來，饒有興致的觀賞眼前這荒唐的一幕。

在鶯鶯燕燕的歡聲笑語之中，金河谷與石萬河就像是兩名帝王，百花環繞，左擁右抱，前呼後擁。

「男人，都是下半身動物。」

關曉柔在心裏罵了一句。

包廂裏響起了撲騰的水聲，似乎金河谷和石萬河已經在裏面耍開了，不時傳來女子的尖叫聲和男人的大小聲。又過了一會兒，房間內淫靡之音四起，水池裏竟傳來此起彼伏的呻吟。

關曉柔被那聲音攪亂了心境，渾身火辣辣的發燙，霞飛雙頰，這地方她是不能繼續待下去了。於是就起身離開了包房，走到了外面，呼吸新鮮的空氣，微涼的空氣可以讓人靜心。

在外面站了半小時，關曉柔就又回來了，畢竟老闆還在裏面，她總不能把老闆一個人丟在那裏跑了。

在門外聽了聽動靜，隱隱約約能聽到女人的嬌喘與男人的低吼聲，關曉柔氣得一跺腳，「還有完沒完？金河谷，你還談不談正事了？」

過了一會兒，立馬安靜了下來，關曉柔推門走進了包廂裏，見金河谷和石萬河已經穿好了衣服，二人皆是虛弱乏力的疲憊狀，靠在沙發上抽著煙。似乎仍未從剛才帝王的感覺中走出來。而那八名「妃子」，則是捏肩的捏肩，揉腿的揉腿，各有所忙，一個也沒閑著。

「帝王浴名不虛傳，舒坦啊……」

石萬河吐出一口煙霧，聲音慵懶的說道。

金河谷知道時機已經合適了，便說道：「石總，今天請你過來，實則還有個事情想請你幫忙。」

「金總，咱們是朋友，你說說看呢。」石萬河並沒有一口答應下來，玩歸玩，但做生意的時候還是要保持清醒的。

金河谷說道：「就是咱們那國際教育園的專案，前段時間姓林的搞鬼，把工地上的工人都嚇跑了，現在工地已經停工一陣子了。」

石萬河早就聽說了這事，卻裝出一無所知的樣子，訝聲說道：「啊？有這事？」

「兄弟能跟哥哥你瞎掰不成？」金河谷道，「這工地你也有股份，石總，耽擱一天就少賺一天的錢，石總，你看是不是把你工地上的工人借點給我？」

石萬河沉默了一會兒，「老弟啊，你是不知道我的情況啊，一進門我就跟你說了，再讓林東那麼搞下去，溪州市就沒咱倆吃飯的地方了。」

金河谷知道這是石萬河的藉口，這老傢伙不想借人就直說，卻偏偏繞彎子，耐著性子說道：「石總，到底啥情況你跟我說說呢。」

石萬河歎道：「自從拿了公租房專案之後，金鼎建設聲勢漸大，就連東郊擱置了好幾年的樓盤都開始動工了。我聽說新來的副市長胡國權是他家的鄰居呢，兩人的關係不簡單啊，據可靠消息，胡國權很可能要入常了，到時候林東更是如虎添翼，等他翅膀硬了，咱們就真的沒法跟他玩了。」

「胡國權？」

金河谷眉頭一皺，他聽建設局局長聶文富說過，上次之所以公租房專案被林東奪去了，就是因為胡國權的一句話。

「他奶奶的，這下我非要玩他一把不可，狗日的！」金河谷咬牙罵道。

石萬河明白他的想法，「金總，你難道是想檢舉他們官商勾結？」

「不錯，我正是那麼想的。」

想起林東把他和聶文富在海城豪賭的照片放在網上的事情，金河谷就氣不打一處來，好傢伙，允許你搞關係，難道我就不能拉關係了？好，既然這樣，你敢搞我，我就不會對你手軟。

石萬河緩緩說道：「我勸你還是三思而後行，你想做的我不是沒想過，但調查了一段時間，查不出一點林東與胡國權勾結的證據，連一點利益往來都沒有，怎麼告他們？別忘了，如果扳不倒他們，等到胡國權入了常委，能不記著咱們的仇，能給我們好日子過嗎？」

金河谷一下子冷靜了下來，「石總，可我就是咽不下這口氣，憑什麼他的工地熱火朝天，咱的卻得停工？」

石萬河呵呵笑了笑，「金老弟，消消氣，這樣吧，我在我的工地上給你抽點人過去，國際教育園的專案不能停工，停一天就少賺一天的錢啊。」

金河谷一聽這話，心裏頓時一樂，心想今晚這錢沒白花，忙問道：「石總，你能給我多少人？」

「五十個，再多我的工地就要停工了。」石萬河伸出一個巴掌。

金河谷本想多要一點，但看石萬河的模樣，估計就算他跪下來叫爹，石萬河也不一定會給他，咬牙說道：「五十個就五十個吧，我自己再找點人。」

「有些餓了，弄點東西吃吃吧。」

石萬河沒吃晚飯，剛才又消耗了不少體力，此刻肚子已經咕咕叫了。

金河谷朝關曉柔望去，「曉柔，石總餓了，你去要一桌酒菜過來。」

關曉柔的臉上現在還是紅撲撲的，想到剛才這包廂內旖旎香豔的場景，她的心還會慌亂的怦怦直跳。沒有說話，只是點點頭，關曉柔便夾著腿邁步朝外面走去了。

石萬河瞇著狹長的雙目，目光一直停留在關曉柔那被窄裙包裹的挺翹臀部，心想那裙內的春光應該不屬於這房間內的眾多「妃嬪」吧。金河谷嘴裏叼著煙，眼角的餘光瞧見了石萬河此刻出神的表情，再朝門外望去，心裏一嘀咕，「這老傢伙難不成是看上關曉柔了？」

金河谷的心裏不由得升起一股怒火，若問男人的什麼東西不能被染指，排第一的應該就是女人吧，而石萬河這個老傢伙，竟然打起了他女人的主意，這怎能讓他不生氣？

「唔……」

金河谷長長的出了一口氣，猛的吸了一口煙。

「老弟，怎麼啦？」石萬河嘿嘿笑著，瞇著眼朝金河谷那邊看了一眼。

金河谷甩了甩頭，「沒什麼。」

「還在琢磨工地缺人手的事情啊？」石萬河笑問道。

金河谷見他主動提起這事，點了點頭，歎道：「是啊，那專案建成之後絕對是日進斗金，可現在卻停工不動，兄弟我這心裏急得跟火燒似的。」

石萬河道：「這樣吧，我明天去走走路子，看看能不能多給你些人。」

聽他那麼一說。金河谷心裏已經基本肯定石萬河對關曉柔有意思了，若不是那樣，這隻老狐狸怎麼可能會主動幫忙。

「他奶奶的，給我幾個工人就想玩我的女人！石萬河你的如意算盤還真會打！」金河谷在心裏暗罵。

過了一會兒，關曉柔就回來了，她身後跟著一群身著旗袍的女侍，把各式菜肴滿滿的擺了一桌。

「菜來了，咱們吃東西吧。」金河谷站了起來，做了個請的手勢，讓石萬河上座。

石萬河假意遷就了一番，在半推半就中坐在了上席。

「妃嬪」們已經服務完畢，領了金河谷給的小費，一個個鞠躬退了出去。房間內只剩下金河谷、石萬河和關曉柔三個人。

「咳咳……關小姐，你也坐下來一塊吃吧。」石萬河指了指旁邊的座位。

關曉柔朝金河谷看了一眼，沒有金河谷的允許，她是斷然不敢坐下來的。金河谷明白石萬河的心思，如果真讓關曉柔坐在這老色狼的旁邊，估計免不了要被石萬河吃豆腐。

他腦海中糾結了一番，猛然想起關曉柔只是他的一個玩物，眾多玩物中的一個，怎能對這種女人生出不捨之情呢？捨不得孩子套不著狼，這道理他是懂的。心中一想，如果關曉柔能乖乖聽他的話，說不定還能借此控制石萬河呢。

想到這裏，金河谷心裏再沒有半分的不捨，心道不過是雙破鞋，你若要，那就給你吧。

「曉柔，還站著幹嘛？坐下來啊，石總的面子能不給嗎？」金河谷板著臉，假裝生氣的說道。

得到了金河谷的指示，關曉柔就在石萬河旁邊坐了下來，有些不安。她早已發覺石萬河對她有想法，心想待會若是石萬河對她有什麼輕薄的舉動，自己該如何應對呢？是默不作聲的順從，還是言辭激烈的反抗？

正當關曉柔低頭沉思的時候，石萬河已經開了一瓶五糧液，滿滿的給她倒了一杯。

「今天大家都高興，曉柔，你也要放開懷陪我們喝幾杯。」

金河谷越來越肯定石萬河這隻老狐狸的心思了，哈哈笑道：「石總，咱們曉柔喝不了多少酒的，倒是你，一定要開懷暢飲才是啊。」

石萬河笑道：「不管能不能喝，都必須盡興，來，咱們先走一個！」

三人端起酒杯，各自乾了一大口。

石萬河今晚的表現非常積極，好像急於把自己灌醉似的，只要嘴唇一沾酒杯，那就肯定乾杯。

沒過多久，石萬河說話的時候舌頭就開始打結了，結結巴巴說個不停，眼神也更加放肆，毫不掩飾對關曉柔胸前露出的白肉的貪戀。

他夾了一口菜放進嘴裏，然後把筷子放在碟子上，故意裝出不小心的模樣，胳膊一動，把筷子掉到了地上，彎腰就去撿。本來想借此機會看看關曉柔裙子裏的春光的，沒想到關曉柔似乎是識破了他的心思，在他彎腰去撿筷子的一剎那，彈簧似的站了起來，令石萬河的計謀落空。

金河谷倒不生氣，覺得關曉柔的做法是對的，必須要吊足了這老色狼的胃口，否則怎麼才能跟他坐地論價。

「唉，酒喝多了，真是不小心。」石萬河把筷子撿了起來，訕訕笑了笑。

金河谷對闞曉柔說道：「曉柔，怎麼能讓石總用髒筷子呢，你快去給石總換一雙。」

闞曉柔站了起來，「石總，稍等。」

闞曉柔出去之後，金河谷瞧著門口說道：「石總，你覺得曉柔怎麼樣？」

石萬河尷尬的笑了笑，「老弟，你指的是哪方面？」

「全方位。」金河谷詭異一笑。

石萬河明白了，哈哈一笑，「說句不敬的話，與剛才的『妃嬪』們比起來，闞小姐至少是皇后級別的。」

金河谷笑了笑，端起酒杯，「石總，我敬你一杯，咱們那個國際教育園的工程你還得多費費心，五十個工人的確是太少了，杯水車薪，不頂事啊。」

石萬河道：「先前不是說過了嗎，五十個你先用著，剩下的人我再去想辦法。」

「形勢緊迫，石總，你就不能再多幫幫兄弟？」金河谷滿含期待的說道。

石萬河沉默了一會兒，半晌才說道：「老弟，你這是要我拿刀子放血啊，這樣吧，給你翻個倍，夠意思了吧？」

金河谷道：「一百個啊，還是有點少，石總，你就多給點，一步到位，我金河谷會念著你的好的，必定讓你美夢成真，得償所願。」他說話的時候有意無意的看著關曉柔坐的位置，意思已經很明顯了。

第八章

我要他身敗名裂

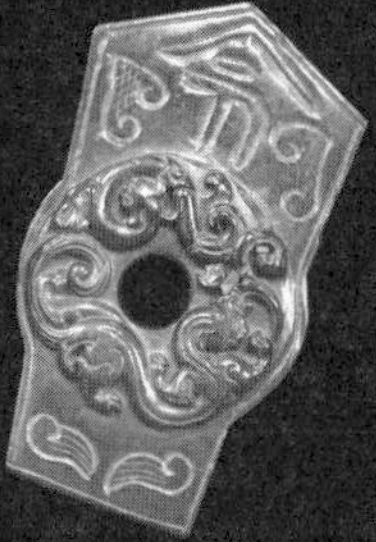

江小媚道：「我再問你一個問題，你需要給金河谷多大的打擊？」

關曉柔想起今晚金河谷的所作所為，將她送給石萬河，就像是送了一件禮物。根本沒把她當做一個人對待，更不用談金河谷對自己有什麼感情了，越想越氣，把嘴唇都給咬破了。

「我要他身敗名裂！」

關曉柔很快就回到了包廂內，給石萬河帶來了一雙乾淨的筷子。

金河谷和石萬河推杯換盞，喝得比剛才更凶了，似乎二人都有把自己灌醉的意思。

又過了一會兒，一瓶白酒已經見了底，不僅是石萬河，就連金河谷的舌頭也開始打起了結。

「石總，能不能再多給點工人給我？兄弟最後再問你一遍。」

石萬河把桌子拍得山響，「金老弟的事情就是我的事情，話不用多說，我再給你五十人，一共一百五十人，明天就給你送過去。」

金河谷哈哈笑道：「好，石總，有你這話，咱們再開一瓶，好哥兒們，不醉不休！」

金河谷拿起桌上一瓶酒，打開後給石萬河滿上了一杯。金河谷知道他倆的酒量，都沒那麼容易醉，都是逢場作戲，不過是因為趁著醉酒可以作為藉口而做一些正常思維狀態下不敢做的事情。

又乾了半瓶酒，這二人就徹底瘋狂了起來，就連說話的時候都連續爆出髒話。

「石總，你信不信林東和胡國權之間有關係？要沒有，老子跟他姓，等著瞧，我非得把他倆之間官商勾結的證據找出來。哼，林東以為上面有人，老子告訴他，老子省裏、京裏都有人，只要讓我找到證據，我非得搞死他！」

金河谷嘴裏叼著煙，一副不可一世的模樣。

石萬河則是嘿嘿直笑，「好，金老弟，再來喝一杯，祝你搞死他！」

又乾了一杯，石萬河的臉已經紅得都快滴血了。他的手開始不安分起來，伸到桌子下面，先是裝作無意的碰了一下關曉柔短裙外面柔嫩的肌膚，見關曉柔沒什麼反應，就又碰了一下。

而此刻的關曉柔，心裏可謂是矛盾之極。從內心深處來說，她自然是討厭這個比她大了二十幾歲的老男人的，但從另一方面來說，金河谷這種花心大少始終是靠不住的，如果能找到個一心對她好的人，即便是年紀大了點，那也無關緊要。

石萬河膽子大了起來，一隻大手悄然無聲的放在了關曉柔的大腿上，關曉柔倒吸了一口涼氣，差點要叫出來，一張臉頓時變得通紅，卻忍住沒有叫出聲來，咬緊了牙關，任憑這個老色狼輕薄於她。

金河谷則是冷眼觀察對面的情形。他見石萬河一步一步上鉤，心裏得意萬分，絲毫沒有因為自己的女人被其他男人輕薄而感到羞辱和憤怒。在他眼裏，關曉柔的存在無足輕重，只要能為他帶來需要的利益。即便是犧牲十個關曉柔這類的情人，他也絕不會吝惜。

其實石萬河也在觀察金河谷的反應，見這小子裝醉，心裏就有數了，愈發的放肆起來，在關曉柔大腿柔滑細嫩的肌膚上反覆摩擦。

關曉柔剛開始非常不習慣這種感覺，純屬是在忍耐，而隨著石萬河非常有技巧的撫摸和挑逗，身上竟然抑制不住的開始發燙，雙腿也夾得更緊了。作為風月場上的老手，石萬河自然知道為什麼關曉柔有這種反應，看來這小妮子是有反應了，說明接下來有戲。

金河谷不想再看石萬河那副嘴臉，雖然關曉柔在他心裏無足輕重，但畢竟也是他的女人，看到別的男人如此輕薄他的女人，心裏自然是有些難受的。

「曉柔。」

金河谷大聲叫道，這一下把關曉柔和石萬河都嚇壞了，關曉柔立馬挺直了腰身，而石萬河也嚇得把手從關曉柔的裙子裏抽了回來。

「金、金總，什麼事？」關曉柔雙頰通紅，訝聲問道。

金河谷站了起來，走過去拍拍她的肩膀，「時間不早了，石總今晚喝了很多酒，他不能開車了，你喝的少，開車送石總回去吧。」

關曉柔聽了這話，一顆心彷彿掉進了冰窟裏，瞬間就被冰封了。她徹底的認清了金河谷，原來她為金河谷的考慮都是多餘的，他根本就不在乎自己，居然拱手將她送給別的男人。

「金總，我保證完成任務！」

關曉柔的臉上浮現出一抹苦澀的笑容，那苦澀之中蘊含著一絲的堅定，在那一刻，她做出了一個重大的決定。

金河谷點了點頭，歪歪扭扭的離開了包廂，而此刻的石萬河，則裝出不勝酒力，已經趴在桌子上了。

關曉柔既然已經明白了她在金河谷心裏的分量，知道到了要開始好好為自己謀劃的時候了，主動貼了過去，雪白的大腿就蹭著石萬河的腿上，嗲聲的說道：「石總，起來了啦，我開車送你回去，到家再睡好嗎？」

石萬河搖搖頭，把頭貼在關曉柔的小腹上，聞著年輕女人的體香，下面的某個東西已蠢蠢欲動起來。

「唔……」

關曉柔長長舒了一口氣，石萬河的腦袋在她小腹上蹭來蹭去，還不斷的往她身上吹熱氣，那感覺真令她難受，癢癢的，卻帶有點酥酥麻麻的感覺，有點難受，還帶著點舒服的感覺。

「石總，快起來，時間不早了。」

石萬河就是賴著不起來，關曉柔沒辦法，連拖帶拽，使盡力氣，用力過猛，一下把石萬河的椅子給弄翻了，把石萬河摔了個狗吃屎。

「哎呀，媽呀，疼死我了……」

這一下摔得不輕，石萬河的前胸又抵到了椅子腿上，疼得他摸著胸口痛苦的呻吟。

關曉柔嚇得不輕，本想搭上石萬河這艘「老船」來擺脫金河谷那艘艦艇的，沒想到卻把人給摔了，剛才她見石萬河的胸口結結實實的抵在了椅子腿上，知道那一下肯定不輕，如果石萬河怒了，那她的計畫可就泡湯了。

扶著石萬河在椅子上坐了下來，關曉柔溫柔的為他揉捏痛處。

「石總，好些了沒？」

石萬河哼哼唧唧，一雙手卻是沒閑著，一隻手摟著關曉柔的臀部，一隻手在關曉柔的腿上胡亂的撫摸。

「石總，太晚了，這裏不方便，我送你回家吧。」關曉柔目送秋波，石萬河這種人精怎麼會聽不懂她的話，一下子變得火急火燎起來，恨不得立馬就到家。

「不疼了，關小姐，送我回家吧。」

關曉柔扶著石萬河離開了包廂，到了外面，取了車。

關曉柔從石萬河身上找到了鑰匙，打開後座的車門，想把石萬河塞到後座上，而石萬河卻不肯，非要坐副駕駛的座位上，關曉柔拗不過他，只好隨他去了。讓石萬河在副駕駛位上坐好，關曉柔就繞了個彎進了車裏。

「石總，繫好安全帶，我要發動了。」

石萬河擺擺手，「沒事的，關小姐，你開車吧。」

關曉柔從未開過寶馬這種大塊頭的車，很不習慣，緩緩的把車駛離了停車場。石萬河歪著頭看著她，恨不得立馬把關曉柔剝個精光。往前開了不遠，石萬河就再次不安分起來。

他把臉埋在關曉柔的裙子上，右手則從前面繞過去，伸到了關曉柔的裙子裏，賣力的撫弄起來。

「哎呀，石總，不要弄了，求你不要弄了。」關曉柔不斷地哀聲祈饒。

她越是這麼說，石萬河卻越是得意，不僅沒有停止動作，反而更加賣力。在這樣的狀態之下怎麼能開好車，寶馬就像此刻關曉柔的臀部似的，不停的扭動，行走的路線也是彎彎曲曲的。

「石總，求你別弄了，再這樣下去，是要出車禍的。」

關曉柔已經抱定了今晚獻身給石萬河的想法，只不過不想在大馬路上胡來，若真的因此而出了車禍，那可真是損失大了。男人到了這種地步，已經沒幾個能保持得住的了，加上石萬河喝了不少酒，神智早已有些不清醒了，要他停下來，那幾乎是不可能的了。

車子開到半路，關曉柔才想起難怪剛才為什麼石萬河死活不肯坐後排了，原來早就憋了一肚子壞水，也就清楚其實這老色狼是裝醉，其實一點都不糊塗，目的性很強。

「你們男人一個個都把我當做傻子，好，看我怎麼扮豬吃虎！」

關曉柔臉上掛著冷笑，低垂眼簾，看著在她下身用力賣弄的石萬河，如同看著一隻疽蟲，表情裏充滿厭惡，也帶著不屑。

「石總，你住哪兒啊？」

關曉柔越來越理智，到了此刻，無論石萬河怎麼在下面撫弄，她也感受不到多大的快感。

「華國府。」石萬河嘴裏含糊不清的吐出三個字，埋首在關曉柔的兩腿之間，伸出舌頭親吻她大腿之間細嫩的白肉。

華國府是溪州市有名的富人聚集區，那裏是溪州市最好的地段，很早之前就開發了，現在那兒的房價已經高出了溪州市商品房均價四倍。關曉柔知道那片社區所在的位置，一言不發，開著車往華國府去了。

到了華國府，進了社區。

「石總，這裏那麼多房子，你家到底是那棟呢？」

石萬河腰彎得太久了，實在熬不住了，於是就直起了腰，在後腰上捶了幾下。

「換個位置，關小姐，我來開車吧，我家那棟樓挺繞的，說給你也不一定找得到。」

石萬河嘿嘿笑道，把後背緊貼在座位的靠背上，騰出空間，示意讓關曉柔過來。

關曉柔挪動著雙腿，但因穿著緊身短裙的緣故，雙腿無法叉開，一時間竟沒法子挪過去和石萬河換個位置。

石萬河淫笑著指了指關曉柔腰下的短裙，「撩起來，關小姐，撩起來就能過來了。」

關曉柔的一張臉瞬間變得通紅，嬌豔之色彷彿欲滴，她稍微猶豫了一下，便伸手撩起了裹在臀部上的黑色短裙，心想反正今晚已經做好了獻身與這老色狼的準備，與其扭扭捏捏，倒不如痛痛快快的享受。

短裙被她撩到了腰上，便再無阻礙地跨到一邊的副駕駛位，關曉柔一抬腿，輕鬆的跨了過來。

石萬河兩片肥大的屁股佔據了整個副駕駛的車座，關曉柔的身子懸在半空之中，卻因為找不到地方落下而懸著。而石萬河並沒有挪動半分的意思，坐在那兒嘿嘿直笑，拍了拍大腿，「關小姐，就坐這兒。」

關曉柔瞬間明白了石萬河要和她換位置的原因了，恐怕這老傢伙等的就是這一刻吧。關曉柔背對著石萬河，石萬河根本無法看見她此刻臉上輕蔑的笑容，二人各懷鬼胎。關曉柔心想，這不過是一場遊戲，逢場作戲，各取所需罷了。

她毫不猶豫的坐了下來，臀部充滿彈性的嫩肉壓在了石萬河的大腿上，舒服的石萬河嘴裏直哼哼。

溫香軟玉在懷，石萬河哪還能坐得住，兩隻手就繞到了關曉柔的胸前，攀上了那兩座挺立的高峰，時而溫柔時而兇狠的搓弄著，雙峰在他的蹂躪之下，變幻成各種不同的形狀。

「別、別在這裏……」

華國府這種高檔社區，外面到處都有監控，若是不小心被攝影機捕捉到了偷情的畫面，那他倆很可能就要出名了。雖然關曉柔被石萬河搓得有些燥熱難忍，但尚存幾分理智，便扭動腰肢，「奮力」掙扎起來。

「不能在這裏，石總，快放手呀，求、求你了……」

關曉柔嚶聲祈饒，抿緊了嘴唇，極力克制自己不要發出那種聲音。

「嘿嘿……」石萬河的嘴裏噴著濃濃的酒氣，對關曉柔的祈饒充耳不聞，反而加快了手上的動作。

就在關曉柔快淪陷之時，車窗旁邊忽然有兩道電光晃過，繼而就聽「砰砰砰」，有人敲擊車窗的聲音。

「喂，裏面的，幹什麼呢？」

車窗外兩個保安模樣的男人拿著手電筒，都上了年紀了，一臉嚴肅的表情。

這下把石萬河嚇得不輕，想起十幾年前被他老婆捉姦在床的情景，忽然間什麼興致都沒了，麻利的挪動著肥胖的身軀坐到了駕駛位上，開車朝家裏去了。

關曉柔全身脫力似的倒在靠背上，嘴裏長長出了幾口氣，幸好是遇到了兩個年紀大的保安，如果遇上那些有壞心思的，偷偷錄下來，那後果可就不堪設想了。

石萬河家在社區東面的一棟樓，他們從西門進來，開車六七分鐘才到了樓下。下了車，石萬河指了指樓上，「瞧見沒，九樓就是我家。」

關曉柔站在那兒，似乎沒有隨他上去的意思，「石總，我把您安全送到家了，完成了金總交代給我的任務，時候不早了，這就回去了。」

她轉身抬腳欲走，卻被石萬河一把拉住了。關曉柔也不想讓石萬河那麼順利的得到她，越是到了這最後關口，她越是要吊著石萬河的胃口，不能讓他那麼輕易的得償所願，因為她知道，越是容易得到手的東西，越是不會珍惜。

「關小姐，謝謝你送我回來，都到家門口了，可否請你進屋喝杯茶？」石萬河也饒有興致的和關曉柔做起了遊戲，到了這個份上，他倒是不那麼猴急了。

關曉柔搖了搖頭，「實在是太晚了，不便打擾。」

這二人似乎都將剛才在車裏的情景忘了，忽然變得客套起來。

石萬河豈能讓煮熟的鴨子飛了，連忙說道：「沒關係沒關係，關小姐，我家就我一個人，談不上什麼打擾的，況且我現在也睡不著，心裏裝著未了的事情呢。」

關曉柔見戲份做足，也就不再兜圈子了，微微一笑，「那我就恭敬不如從命了，石總，前面帶路。」

石萬河哈哈一笑，拉著關曉柔雪白的手腕就往電梯裏走去。

到了九樓，石萬河打開了房門。關曉柔進去一看，才知裏面別有洞天。

關曉柔隨便看了幾眼，這複式的房子戶型超大，估計至少得有五百個平方，裏面更是裝修得奢華無比，心道難怪石萬河那麼有錢，本身又是地產商都不去住別墅，原來是因為這裏一點都不比別墅差。

「哇，你家的房子好氣派啊……」

關曉柔臉上露出少女般純真的表情，雙手十指交叉握在一起，一臉興奮的說道。

石萬河哈哈一笑，心裏樂開了花，他這種男人，存在的最大意義就是希望能得到別人的誇讚，尤其是得到女人的誇讚，「怎麼樣，還可以吧？」

關曉柔連連點頭，「石總，這哪叫還行啊，這簡直太棒了，美極了。」

「關小姐，你稍坐，我去給你泡杯茶，對了，你是愛喝茶還是愛喝咖啡？」石萬河笑問道。

關曉柔道：「咖啡，不加糖，謝謝。」

石萬河點頭走開了，一會兒便見他端著兩杯咖啡走了過來，遞了一杯給關曉柔，另一杯則自己留著。關曉柔嗅了一下，這咖啡香氣撲鼻，濃郁芬芳，便知道是珍品。

「好咖啡。」

石萬河笑道：「看來關小姐也是懂得享受生活的人，我這咖啡可是托朋友從南美植物園裏弄來的，絕對的原汁原味，咱喝的就是這股子正宗味！來，關小姐，品一品。」

盛情難卻，關曉柔端起杯子抿了一小口，然後便放了下來。

石萬河從茶几上的面紙盒裏抽出一張紙，坐到關曉柔身旁，凝視著她嬌豔紅唇上的咖啡漬，伸手去為她擦拭。他這是試探性動作，如果關曉柔不作出反對，默許了他的行為，那麼基本上就算是水到渠成，接下來就是收穫的季節了。

果然如他所料，關曉柔一點反抗的舉動都沒有，面帶微笑，接著就閉上了眼睛。石萬河見她乖順的像隻待宰的羔羊，心中狂喜，把手中的紙巾揉成了團，扔了出去，卻把自己的臭嘴湊了過去。

關曉柔滿鼻子都是從石萬河嘴裏傳出來的酒氣，差點忍不住吐出來，但為了能找到新靠山而擺脫金河谷，她也只能忍這一時之辱。石萬河眼見就要得手了，卻見關曉柔忽然豎起了手掌，擋住了她的櫻唇。

「石總，去洗個澡吧。」

關曉柔實在有些受不了石萬河嘴裏的味道了。

都到這節點上了，石萬河下面忍得都快爆炸了，哪還會想去洗個澡，頓時將肥大的身軀撲了過去，把關曉柔柔軟的嬌軀壓在了沙發上。關曉柔不過是個柔弱的女子，嬌小力弱，如何也推不開石萬河肥重的身軀。

石萬河雙手捧著關曉柔的臉，一張臭嘴使勁在關曉柔的臉上拱來拱去。關曉柔閉上了眼睛，心裏直犯噁心，使出了全身力氣，卻推不開石萬河分毫。

「石總，求你不要這樣，石總，求你了……」

到了這一刻，關曉柔忽然有些後悔起來，她風華正茂，憑她的美貌，找個條件好的人家嫁了一點問題都沒有，幹嘛要委身於這糟老頭子呢？不過無論她心裏怎麼想，石萬河都不會知道的，石萬河現在只有一個念頭，那就是把這棵上好的白菜給拱了。

關曉柔越是掙扎，越是能挑逗起他的欲望，石萬河心裏想著身下的女人是金河谷的女人，這樣一想，他簡直就要獸性大發了，一隻手按住關曉柔的嬌軀不讓她亂動，騰出一隻手熟練的解開了關曉柔白色絲質緊身襯衫的扣子，往兩旁一拉，關曉柔雪白的身軀就暴露無遺的展現在他的眼前。

「關小姐，你真是美啊，金河谷那傢伙竟然把你送給我玩，真是不知道你的好。」

石萬河淫笑著，關曉柔則是抿緊雙唇，忍不住心中的屈辱，眼淚不爭氣的流了下來。

石萬河的一隻手伸到關曉柔的腰下面，摸到了她短裙的拉鏈，往下一拉，緊緊裹在關曉柔臀部的性感短裙就被他拉了下來。石萬河忍不住連連發出讚歎，關曉柔閉上眼睛，任憑這男人在她身上搗鼓，她身上的衣服一件件被剝下，被胡亂的丟棄在地毯上，一片凌亂。

她本已做好了獻身的準備，而石萬河在她身上搗鼓了半天，卻遲遲不肯進來。石萬河已經在洞口磨蹭了半天了，卻遲遲不肯入內。又過了一會兒，只聽石萬河長長吁出一口氣。

「唔……」

如即將攀上最高點的旋律，卻在琴弦崩斷的一剎那，戛然而止。

關曉柔感覺到身上的壓力驟然減輕，帶著怨氣的睜開眼睛，卻發現石萬河靠在沙發上，張大嘴巴大口大口的喘氣。

「你怎麼了？」

關曉柔問道，語氣之中帶著不滿，她全身敏感的神經都興奮了起來，期待著石萬河即將給她帶來的莫大快樂，卻未想到石萬河卻在關鍵的時刻掉了鏈子，把她懸在了半空中，那滋味真的很不好受。

石萬河光著身子，他身上的衣服也在剛才被自己剝光了，丟在地毯上，與關曉柔的襯衫、短裙混在一起。他的臉上略帶疲憊，寬闊的額頭上沾滿了汗珠，這都是急的。

關曉柔坐起身子，低頭瞧見了石萬河的胯間，兩寸長的小不點軟不拉幾的耷拉在那兒，像是被霜打了的小茄子似的。

關曉柔大感惱火，石萬河把她挑逗得全身燥熱，卻沒曾想他是個無能的廢物，根本不能行事，這可讓她體內如深壑般的欲望如何發洩？

欲望之火遲遲不肯退去，關曉柔的臉上仍是紅彤彤水潤潤的一片，看到她幽怨的眼神，石萬河低下了頭。

「可能是被社區裏的兩個保安嚇的，關小姐，實在不好意思啊。」

關曉柔一言不發的站了起來，彎下腰把地毯上的衣服撿起來，開始往身上穿。石萬河十分痛苦，眼見這麼個大美人脫光了在眼前，可胯下的小弟弟就是不爭氣。怎麼弄都挺不起來，搞得他又氣又急。

見關曉柔快穿好了衣服，石萬河知道再不有所行動，那麼這個美人就真的要飛走了，心裏一陣急火攻上心頭，跑過來抓住關曉柔的手，把關曉柔拉到沙發邊上。

「關小姐，求求你，幫幫我。」石萬河哀聲乞求道，模樣十分可憐。

關曉柔眉頭一皺，「石總，這是你的原因，你要我怎麼幫你啊？」

石萬河拉著她的小手，放到了自己的罪惡根上，「關小姐，求求你幫我弄硬。相信我，我可以的。」

關曉柔臉上帶著鄙夷的神情，胡亂的套弄了一會兒，弄得她胳膊都酸了，可石萬河那東西卻仍是一點動靜都沒有。

「唔……累死我了。」

關曉柔鬆了手，跑進浴室裏洗了洗手，然後拎著包就走了，連聲招呼都沒跟石萬河打。在她心裏，即便是石萬河再有錢，那麼跟著一個沒用的男人，也是毫無性福可言的，這種男人怎麼能要。

從華國府出來之後，街上有點冷，冷風一吹，關曉柔心中生出點悲涼孤單的感覺，也沒叫車，就這樣沿著路走，漫無目的，只想到人群多的地方，似乎只有到了擁擠熱鬧的環境裏，她才能擺脫心中孤獨感的困擾。

走了一會兒，關曉柔抬頭一看，不知不覺中已經到了竹魚坊這一片，站在街道上，她似乎已聽到了竹魚坊內熱鬧的音樂聲。竹魚坊是溪州市酒吧、ＫＴＶ等娛樂場所集中的一片區域，這裏號稱「溪州蘭桂坊」，每逢黑夜，這裏便是最熱鬧的時候，徹夜狂歡，永無止盡。

關曉柔邁步朝一家酒吧走去，酒吧門外有幾個坐在摩托車上的小青年，她的出現，立馬就點燃了這些人的情緒，一個個都像是見了什麼似的，無比的興奮起來，吹著口哨企圖吸引關曉柔的注意。

關曉柔掃了一眼，這些年輕人都不是她的菜，一個個染著黃毛，身上還紋龍繪虎，看上去輕浮幼稚，根本無法入她的眼。關曉柔十分的勢利，她不注重男人的外貌，關鍵是要有錢，如果沒錢，那有權有勢也可以，但這些二十歲出頭的小嫩頭青，一點都不符合她的要求，連多看一眼的興趣都沒有，提著包快步走進了酒吧裏。

今晚的她是空虛的，很想找個人來填滿她空虛的心靈，所以才會走到竹魚坊。她想如果今晚能找到一個對眼的，就瘋狂一次，玩一次一夜情也無所謂。酒吧裏放著震耳欲聾的音樂，強勁有力的節奏似乎敲打在每個人的心田上，讓人有一種抑制不住的衝動，想要跟著節奏起舞。

關曉柔來得晚了，想要找個沒人的座位，繞了一圈也沒找到。正當她猶豫是不是要換一家的時候，忽然感覺到肩膀被人拍了一下，她轉身一看，原來是江小媚。

「哎呀，小媚姐，怎麼是你啊？」關曉柔興奮的說道。

江小娟剛進金氏地產的那會兒，關曉柔是怎麼看她怎麼不順眼，老是想著怎麼和她作對，但江小媚就是江小媚，她略施小計，施以小小的恩惠，就讓關曉柔改變了對她的態度，不僅以姐妹相稱，還成為了關曉柔無話不談的知己。

當然，江小媚的做法不僅僅是為了單純修復她和關曉柔之間的關係，最主要的目的還是多發展一些盟友，多一個朋友總比多一個敵人要好，這樣也方便她在金氏地產裏面行事，而且關曉柔與金河谷的關係不一般，說不定能從關曉柔那邊得到重要的消息。

「曉柔，你一進來我就看見你了，坐在那兒叫了你半天，裏面太吵了，你也沒聽見，那我只能過來叫你了。剛才見你東張西望的，怎麼，是在找朋友嗎？」江小媚笑問道。

關曉柔搖搖頭，一臉的落寞神情，「不是找朋友，我就是想找個熱鬧的地方，剛才是在找位置，可惜找了半天也沒找到。」

江小媚拉著她的手，「那太巧了，我朋友約我今晚來這裏，不過她中途有事，剛剛才走，我那邊正好空著，如果不嫌棄，咱們姐妹就坐下來聊聊天，有什麼不開心的事情，讓做姐姐的開導開導你。」

關曉柔正愁沒個可傾訴的對象，在這裏遇見了江小媚，有種他鄉遇故知的感覺。酒吧是江小媚常去的地方，在這裏遇見鬱鬱寡歡的關曉柔，直覺告訴她，今晚很可能會套出點什麼資訊來。

坐下來之後，關曉柔依舊是一副鬱鬱寡歡的模樣，全無平時的俏皮活潑勁兒。

江小媚面帶關切的問道：「曉柔，跟小媚姐說說，你這是受誰的欺負了？」江小媚心想關曉柔多半是跟金河谷鬧彆扭了，如果真是那樣，估計也從關曉柔嘴裏套不出什麼有價值的資訊。金河谷是個十足的花花大少，不可能被關曉柔一個女人束縛住的，而且關曉柔也沒有栓得住金河谷的能力與手段。

關曉柔沒有直接回答她的問題，反而說道：「小媚姐，我想喝酒，喝最醉人的烈酒。」

「啊？妹子啊，借酒澆愁愁更愁啊。」江小媚假意關懷她幾句。

關曉柔擺擺手，「沒事的，我現在只求一醉，只有醉了，我才能忘掉一些不愉快的事情。」

江小媚戲份做足，也就不再囉嗦，歎道：「既然如此，小媚姐今晚就陪你一醉，你如果孤單，晚上就去我那兒睡，有姐給你做伴，什麼都不用害怕。」

關曉柔目中淚光閃閃，向來缺乏朋友的她很少能夠得到這樣的關懷，此刻更是把江小媚視作親姐姐一般，「姐，曉柔好想趴在你肩膀上哭啊。」說著，淚水在目眶中打轉，就要掉了下來。

江小媚道：「曉柔，你等小媚姐一會兒，我去給你要一杯醉人的酒去。」

關曉柔點點頭，江小媚起身去了吧台，找到與她相熟的調酒師。

「小媚，要點什麼酒？」調酒師熟絡的與江小媚打起了招呼。

江小媚笑問道：「嗨皮哥，什麼酒容易讓人說真話？給我調點。」

嗨皮哥哈哈一笑：「酒後吐真言，自然是容易讓人醉的酒容易讓人說真話啦。」

「嗨皮哥，多謝了。」

江小媚說完，嗨皮哥已經把一杯酒送到了她的手裏，笑道：「就是坐你卡座上的那個女的吧，我保證半杯下肚，叫她有什麼都跟你說出來。」

江小媚面帶微笑，端著酒杯朝卡座走去。她沒有坐到關曉柔的對面去，而是坐到了她的旁邊，輕輕的把酒杯放下，一隻手摟著關曉柔瘦削的肩膀，「曉柔，姐姐回來了，想哭，你就趴在姐姐肩膀上痛痛快快哭一回吧。」

「小媚姐，嗚嗚……」

醞釀已久的情緒在這一瞬間得到了釋放，關曉柔趴在江小媚的肩膀上，哭得像個孩子，肩膀一抖一抖。江小媚看到關曉柔哭得那麼傷心，心裏泛起一絲不忍，拿別人的信任來達到自己的目的，她真的有點猶豫了。

江小媚輕輕撫摸著關曉柔的後背，過了許久，她懷中的關曉柔才停止了哭泣，低聲的啜泣起來。又過了一會兒，關曉柔鬆開了她的肩膀，抬起了頭，眼睛哭得紅腫。

「唉，真是個讓人心疼的傻姑娘。」江小媚哀歎一聲，拿出紙巾替關曉柔擦了擦臉上的淚痕，「瞧，妝都哭花了。」

關曉柔抽抽嗒嗒，「小媚姐，我是不是很醜？」

江小媚捏了捏她的臉，「誰說的，我覺得曉柔你是全公司最漂亮的了。」

關曉柔倒是有自知之明，說道：「金氏地產如果沒有你，那我還真的敢自稱第一，但有你在一天，我就只能屈居第二。」

二人閒聊了一會兒，關曉柔大哭了一場之後，情緒稍微有點好轉，但江小媚卻不著急，她看得出關曉柔有心事，遲早會主動開口的。

「小媚姐，我心裏真的很難過。」關曉柔眼圈又是一紅，開了口。

江小媚低聲說道：「曉柔，別急，有什麼事慢慢跟姐說說。」

關曉柔將今天晚上的事情說了出來，當然也做了些修改，隱去了自己想借機會脫離金河谷的想法，只是將責任一味的歸咎於金河谷和石萬河這兩個臭男人的身上。

江小媚聽了她的講述，心裏的驚訝莫名之大，金河谷在她心裏的形象一落千丈，居然為了借些工人，將自己的女人拱手送給其他男人。

「唔……」

江小媚氣得捏緊了拳頭，「他居然這樣！簡直就是禽獸所為啊！」

關曉柔又開始淌眼淚，「我跟了他那麼久，一心一意為了他，他居然能這麼對我，小媚姐，我的心痛得無以復加了。」

「那你打算怎麼辦？」江小媚試探性的問道。

關曉柔擦了擦臉，臉上顯示出前所未有的堅強與拒絕，「離開他！」

江小媚臉上的表情凝頓了一下，端起了酒杯，「曉柔，姐陪你喝一杯。」

關曉柔端起了酒杯，仰脖子一乾而盡。江小媚則是稍微抿了一口，靜靜的看著關曉柔，等待她的下文。

關曉柔喝不了急酒，而且剛才那杯酒喝上去口感綿柔，實則酒力極為霸道，沒過多久，她的臉就酡紅一片了。

「金河谷真不是東西，我不離開他行嗎？小媚姐，你說我年輕又漂亮，難道就找不到一個一心一意對我的人了嗎？」

江小媚豈會不知關曉柔為了什麼才甘願做金河谷的情人的，一切都是「錢」字作孽，她要脫離金河谷，解決不了「錢」這個問題，那一切都是空想。想到了這一點，再想想今晚發生的事情，就覺得不是那麼簡單的了，心道關曉柔把自己說得多委屈似的，原來都是因為沒能達到想要的目的。

「曉柔，只要你下了決心，無論你怎麼做，小媚姐都會給予你支持與鼓勵，你這個年紀，還不知一份真摯的愛情的寶貴。如果遇到了真正疼愛你的人，千萬別錯過了。」

關曉柔道：「這些我都知道，離開金河谷是一定的，但我咽不下這口氣，憑什麼他這樣對我？把我當成什麼了，婊子嗎？」

關曉柔非常激動，說話的聲音非常大，尤其是「婊子」那兩個字，咬牙切齒的說出來，更是洪亮異常，雖然酒吧裏音樂聲震耳，但離得近的卡座上還是有人聽到了，紛紛側目朝她望去。

「曉柔，這事不要太張揚了，注意點形象。」江小媚低聲提醒道。

關曉柔也覺得剛才太過大聲了，低下了頭，過了一會兒才繼續說道：「小媚姐，我就是咽不下這口氣，金河谷那麼對我，我必須要讓他付出慘痛的代價！」

江小媚沉聲道：「說得輕巧，金河谷花心是出了名的，整個江省圈子裏誰不知道金大少的花名，他辜負了那麼多女人，有哪個能把他怎麼著的。你瞧他現在還不是過得好好的嘛。」

關曉柔只覺一盆冷水當頭澆下，心裏涼了一截，氣憤的說道：「那難道就那麼算了嗎？要我看他繼續逍遙快活，我咽不下那口氣！如果不能報復他，我想我會憋得發瘋的。」

江小媚見時機差不多成熟了，便問道：「曉柔，作為你的好姐妹，聽了這件事之後，雖然金河谷是我的老闆，但我也十分的生氣，他憑什麼這麼對你？但是報復他要有周密的計畫，你有嗎？」

關曉柔愣了一會兒，搖了搖頭，「我還沒有想好，小媚姐，你比我聰明，你能教教我嗎？」

江小媚看了看周圍，笑道：「曉柔，你喝多了，走，我送你回家。」

說完，江小媚扶著關曉柔就往外面走，那杯酒果然如嗨皮哥所說，酒勁非常霸道，關曉柔喝了一杯，她已經需要用力抱住她，否則一鬆手，她就有滑下去的可能。

好不容易把關曉柔帶到了酒吧外面，江小媚叫來酒吧的保安，讓保安把車門打開，費了好大力氣才把關曉柔塞進了後排的車座。上車之後，江小媚回頭問了問關曉柔家住在哪裏。

關曉柔躺在後座上，甩甩手，「我不要回去，那是金河谷給的房子，我現在不想回去。」

江小媚歎道：「那樣也好，那你今晚就在我那兒將就一宿吧。」

說完，江小媚發動紅色的寶馬，緩緩朝大路駛去，把關曉柔帶到樓下，又花了九牛二虎之力才把關曉柔弄到了樓上。剛把關曉柔放在床上，就聽她嘴裏嚷嚷著要喝水。

「水，給我水，嘴裏好乾啊……」

江小媚趕緊給她兌了一杯溫水，端到床邊送給她。關曉柔也是實在渴得厲害，端起杯子咕嘟咕嘟一口就喝光了，然後把杯子順手一丟，倒頭就睡。

江小媚站在床邊冷眼看了一會兒，默然轉身走開了。

也不知過了多久，江小媚正坐在客廳裏看電視，只見關曉柔撓著頭走了出來。

「小媚姐，那麼晚了還沒睡啊。」

江小媚笑著從沙發上站了起來，「起來了啊，曉柔，還要喝水嗎？我給你倒去。」

關曉柔這才明白江小媚之所以那麼晚還沒睡覺，原來都是為了照顧他，心中不禁感慨萬千，恨不得把一顆心都掏給江小媚，走過去拉著江小媚的手，「小媚姐，我不渴，你坐下來，我和你說說話。」

二人在沙發上坐了下來，關曉柔輕輕握著江小媚的手。

「曉柔，有什麼想跟姐姐說的呢？」

關曉柔說道：「睡了一覺，酒醒了，我也想清楚了。」

江小媚滿含期待的看著關曉柔，關曉柔的頭腦是清醒的，如果她現在依然說出要報復金河谷的話，那麼就可以肯定關曉柔是真的下了決心的。

「我要報復金河谷！」

簡短的一句話，關曉柔緩緩的說了出來，顯示出了無與倫比的決心。

「你想好了？」江小媚沉聲問道。

關曉柔鄭重的點了點頭。

「想好怎麼做了嗎？我是你的好姐妹，如果需要，我會盡可能的給你幫助。」

江小媚面色嚴肅的說道。

關曉柔道：「就是還沒想好，金河谷不是好對付的人，我覺得憑我的道行還不夠，小媚姐，你能給我一些指點嗎？」

江小媚早已想好了說辭，但仍是裝出一副沉思狀，過了許久，方才說道：「辦法不是沒有，只不過需要點過程，不是一朝一夕就能把仇報了的。」

關曉柔握緊江小媚的手，「小媚姐，你說吧，只要能報仇，我願意等待。」

江小媚道：「我再問你一個問題，你需要給金河谷多大的打擊？」

關曉柔咬緊嘴唇，想起今晚金河谷的所作所為，將她送給石萬河，就像是送了一件禮物，根本沒把她當做一個人對待，更不用談金河谷對自己有什麼感情了，越想越氣，把嘴唇都給咬破了。

「我要他身敗名裂！」

「確定？」

「確定！」

江小媚歎道：「曉柔，接下來這段話說出來之後，我和你就徹底成為了一根繩上的螞蚱了，如果你要害我，只需要到金河谷那兒告一狀，那麼我在金氏地產就沒法混下去了。」

關曉柔臉色嚴肅的說道：「小媚姐，你放心吧，我絕不會做對不起你的事的。如果我陷害你，就讓我不得好死，我對天起誓！」

江小媚道：「好妹妹，也不需要你那麼鄭重其事，只是姐姐心裏有些害怕，金河谷那個人，如果讓他知道是我在你背後出謀劃策，很難想像他會做出什麼瘋狂的舉動。」

關曉柔道：「你放心吧，只要我不說，他怎麼可能知道。」

江小媚點點頭，「你要記著今天說的話，我給你點撥一下，要想讓金河谷身敗名裂，最好的辦法就是讓他失去虛偽的尊嚴，那麼怎樣才能讓他沒尊嚴呢？你好好想想。」

關曉柔皺眉想了好一會兒，恍然有所悟的說道：「我知道了，讓他變成個窮光蛋。」

江小媚搖搖頭，「要他變成窮光蛋，那談何容易哦，金家在江省都是排得上號的富戶，你要想清楚是要打垮一個家族，還是打垮金河谷這一個人。如果是打垮金家，那麼勸你放棄吧，就目前而言，咱們毫無勝算。」

關曉柔順著江小媚給她的思路，順藤摸瓜，慢慢找到了門路，金氏家族在江省立足數代，根深葉大，的確不是她現在能扳倒的，而金氏家族最大的產業是玉石行的生意，屬於金河谷自己開創的則只有金氏地產。

她瞬間理清了思路，開始動起了金氏地產的心思，說道：「小媚姐，你說我要是讓金氏地產垮了，那麼金河谷會怎樣？」

江小媚嫣然一笑，「我想他一定會像秋霜下的茄子似的，蔫不拉幾的抬不起頭。」

「但要怎麼才能擊垮金氏地產呢？」關曉柔嘀咕了起來，這實在是個難題。

江小媚道：「套用一句，沒有挖不倒的牆，只有不勤快的小三，你現在就要做個勤快的『小三』。」

「那這牆角具體要怎麼挖呢？」關曉柔此刻已經完全依賴江小媚了。

江小媚歎道：「不知這樣幫你到底該不該，如果金氏地產垮了，我又得重新找一份工作了。」

關曉柔搖晃江小媚的胳膊，嬌聲道：「小媚姐，你就告訴我嘛。」

江小媚笑道：「好了，別搖了，我說。聽好了，你利用自己常伴金河谷身邊的優勢，得到的資訊要比別人及時而且全面，可以把得來的資訊透露給金氏地產的對手公司。金河谷的所有部署和計畫都被對手公司提前得知，你想金氏地產能撐多久？」

關曉柔明白了過來，豎起拇指，「厲害，小媚姐，真有你的。好，那我們就那麼辦！」

江小媚提醒道：「曉柔，事情不是那麼簡單的，金河谷不是傻子，消息透露的太多，容易被他發覺，所以你要透露的消息必須是重大的，能夠一舉達到目的的，沒拿到重要資料之前，千萬別打草驚蛇，一旦被金河谷發覺，你會非常危險。」

關曉柔點了點頭，她瞭解其中的兇險，「小媚姐，金氏地產的對手就那麼幾家，哪一家可以信任呢？」

「遠在天邊，近在眼前。」江小媚說完這話，打了個哈氣，「姐姐實在睏得受不了了，曉柔，你自己慢慢想吧，我先去睡了。」

關曉柔一個人坐在客廳裏想了一會兒，明白了江小媚話裏的意思，她是在告訴自己要把消息透露給金氏地產對面的金鼎建設啊，金河谷一向最痛恨林東，如果把消息透露給林東，她想林東肯定是歡迎的。

想到這裏，關曉柔也覺得睏了，打了個哈欠，朝房裏走去。

第二天一早，江小媚請了個假，沒有去公司，關曉柔則一早就離開了她家。臨走前，江小媚再三叮囑，要她在金河谷的面前不要表現出有異樣，一切都要如常，否則就出不了氣。

第九章

野獸的追蹤

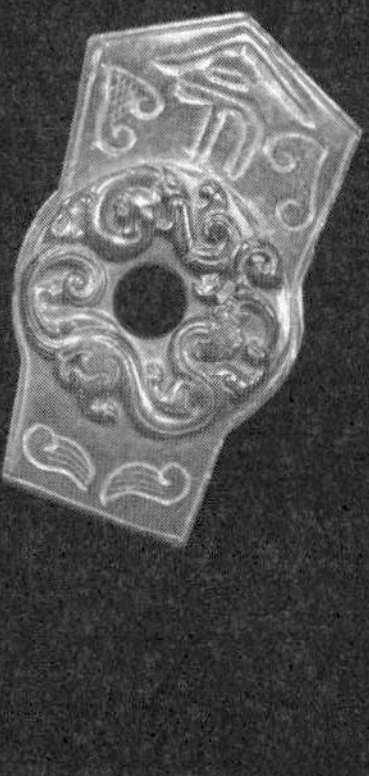

呂冰道：「剛才我發現有個人跟著你。那個人長相十分奇怪，長得不像中國人。」

林東面色一變，「你看到了？」

呂冰非常肯定的點點頭，「如果不是看到那個人形跡可疑，我根本就不會跟過來。我無意中看到了他的目光，比狼還兇狠，而那個人給我的感覺，根本就不像是人，而像是野獸，十分的可怕。」

關曉柔回到家裏，換了一套衣服，打扮得神采奕奕，拎著小包去了公司。到了辦公室，金河谷瞧見她進來，微微一笑。

「曉柔，怎麼那麼晚才來？我正找你有事要問呢。」

關曉柔笑道：「金總，你說吧。」

金河谷低聲道：「石萬河一早就給我來電話了，答應給我一百五十名工人，這都是你的功勞了。」他指了指辦公桌上的首飾盒，「送給你的，金氏玉石行今年的最新款，價值不菲哦。」

如果是以前，金河谷送她如此珍貴的禮物，關曉柔一定會感動得不得了，但是現在，她只感覺這首飾華而不實，光潔的表面上像是沾滿了塵土似的，令她有種噁心的感覺。

價值不菲的首飾放在眼前，關曉柔內心冷漠，但為了不讓金河谷瞧出破綻，表現得一如往常，一步撲進了金河谷的懷裏。

「河谷，你對我真好，這項鏈真漂亮，我很喜歡。」

金河谷的大手搭在她的背上，輕輕的撫摸著，臉上泛起得意的笑容。在他看來，像關曉柔這樣盲目拜金的女人，只要給了她足夠的好處，便能將其玩弄於股掌之中。

「曉柔，來，坐下來，陪我說會話。」

金河谷輕輕在關曉柔的後背上拍了幾下，二人在辦公室的沙發上坐了下來。

金河谷今天做足了戲，不僅送了關曉柔價值不菲的項鏈，而且還玩起了浪漫，親自為她戴上，並說了一堆甜言蜜語。這些哄人的話，如果是在以前說出來，關曉柔一定會被感動得一塌糊塗，而現在，關曉柔除了覺得噁心之外，再沒有其他半點感覺。

「那個……昨晚你把石總送回家之後……」金河谷笑了笑，猶豫了一下，還是問出了自己的心中所想，「他喝了不少酒，沒對你胡來吧？」

關曉柔搖搖頭，「河谷，你放心吧，我心裏只有你，他要敢對我胡來，我寧死也不會讓他得逞的。」

「咳咳……」

金河谷咳了幾聲。「曉柔，你對我的情意我是懂得的，但是現在公司遇到了一些困難，我也遇到了一些困難，需要你這樣貼心的人的幫助，你能理解嗎？」

關曉柔眨巴著水靈靈的大眼睛，「河谷，我當然是願意為你分憂的啦，可是要怎麼幫助你呢？你的話我有點聽不懂。」

金河谷歎道：「唉，曉柔，有些話我開不了口啊，說出來怕你怪我。」

關曉柔笑道：「跟我還用這樣？我是你的女人嘛，有事當然要為你承擔啦。」

金河谷道：「那好吧，說出來你先別生氣，如果不願意，那就當我沒有說過，我尊重你的選擇。」

「嘮嘮叨叨的，有事情就快說吧。」關曉柔低頭看著戴在雪頸上華美的項鏈，等待著金河谷的下文，她倒要看看這男人到底還有沒有底線。

金河谷的語氣略帶沉重，緩緩說道：「是這樣的，地產這一塊是家族新開闢的領域，在這方面。我們欠缺很多，產生了很多問題。金氏地產是我一手創建的，我不想公司陷入泥潭無法自拔，那樣家族會對我失望，我在家族中的地位也會受到威脅。我需要盟友，思來想去，最好的盟友莫過於石萬河，他的萬和地產在溪州市經營多年，根深蒂固，如果有他的鼎力相助，金氏地產一定可以擺脫困難，突飛猛進。

「但有一個非常棘手的問題是石萬河這個人過於奸詐，不給他足夠的好處，他只會落井下石，絕不會伸以援手，對付這樣的人，只有抓住他的把柄，才能讓這條豺狼乖乖聽話。曉柔，這就需要你的幫助了。我昨天發現石萬河似乎對你有些想法，所以希望你能幫助我。曉柔，你明白我的意思嗎？」

關曉柔的心已經死了，根本感受不到疼痛，但聽到金河谷的這番話，死寂的心竟然抽搐了一下，這就是她曾經為之著迷為之深愛的男人嗎？怎麼會有如此歹毒的心靈！

關曉柔徹底對金河谷失去了信心，對他只有恨，恨不得將這個人渣挫骨揚灰！

「曉柔，如果你不願意，那麼我就另想辦法吧。」

金河谷的臉上露出苦澀的一笑，微微歎息，輕輕的拍了拍關曉柔，準備起身離開。就在此時，關曉柔抓住了他的手，眼巴巴的看著他，「河谷，那樣做真的可以幫助你嗎？」

金河谷的臉上露出興奮的神色，「可以，一定可以的！曉柔，你願意嗎？」

關曉柔臉上浮現出倔強的神情，「只要能為你分憂，你要我做什麼我都會答應你。」

金河谷心中狂喜之餘，又覺有些心酸，鼻尖驀地一酸，心道這女人說的話太煽情了，險些被這幾句話勾得眼淚都出來了。

「曉柔，要我怎麼報答你好呢？」金河谷裝出一副深情款款的模樣，皺眉想了一會兒，「你現在住的房子還是掛在我的名下的，我記得你說過很想把你爸媽接過來一塊住大房子，我改天就把房子過戶給你，算是對你一點小小的感謝吧。」

關曉柔搖了搖頭，「河谷，這就不必了吧。」

「要的要的，一定要的，你為我犧牲那麼多，我一定要補償你。」金河谷為了表現自己的慷慨大方，居然還從懷裏掏出一張白金信用卡，丟在關曉柔身旁的沙發上，「拿去刷吧，隨便刷，喜歡什麼就買什麼。」

關曉柔客氣了一會兒，做足了戲份，欣然接受了金河谷的「慷慨」。

下班之後，關曉柔自然是去瘋狂的購物，對於金河谷這種人，她沒必要為他心疼錢，不把他的信用卡刷爆，那簡直對不起自己。車子的後車廂和後排座上擺滿了東西，關曉柔在感情方面已經處於空虛狀態，那麼必須要通過這種瘋狂的購物來滿足自己另一方面的需求。

她打電話給江小媚，約她出來。二人找了間僻靜的咖啡店，關曉柔先到，要了個安靜的雅座，等了一會兒，才見江小媚穿著短袖小西裝走了進來，全身上下散發出幹練的氣質，有種難以言喻的美麗。

關曉柔被江小媚的美麗所吸引，同為女性，江小媚的睿智與美麗時常讓她感到羞愧，所以從某些方面，關曉柔也在積極的向江小媚學習，偷偷學師，從最基本的入手，學習江小媚的穿衣打扮和化妝。

如果見到江小媚的身上出現了新衣服，關曉柔就算是跑遍全城，也要找到同一款衣服，就算不買，也要好好的試穿一番。然而即便是穿著同樣的衣服，但氣質卻是與生俱來的，任她怎麼模仿，在江小媚面前，她仍然覺得有差距。

「小媚姐，這兒。」

關曉柔揮了揮手，招呼江小媚過來。

江小媚把包放到一旁，在她對面坐了下來，笑問道：「曉柔，這才多久沒見，那麼快就想姐姐了？」

關曉柔笑道：「一天二十四小時與小媚姐在一起我也是願意的，今天約你到這兒，是來報恩的，感謝你昨晚對我的開導，今天我逛街的時候特意選了幾件禮物給你，小媚姐，你看看喜不喜歡。」

她將身旁的幾個紙袋拎到了桌子上，推到了江小媚的面前。江小媚只是掃了一眼，便知道紙袋裏東西的價值絕不在五位數之下，訝聲說道：「曉柔，你跟我太客氣了吧，咱們姐妹不需要這樣，這些東西太貴重了，我不能收。」

關曉柔也是慷他人之慨，如果讓她自掏腰包花兩萬多塊給江小媚買這些東西，她肯定也捨不得，但刷金河谷的信用卡就不同了，刷的越多，她就越有快感，正好借花獻佛，買些名貴的化妝品送給江小媚，她知道這些都是江小媚所喜歡的。

「姐，你就別跟我客氣了，下不為例好嗎？你看我買都買來了，你不收，要我怎麼處理啊？」

江小媚猶豫了一會兒，決定收下，這也有助於拉近她與關曉柔之間的距離，「曉柔，禮尚往來，改天小媚姐逛街的時候，我也給你挑一些禮物，到時候好不好你都得收下，可別嫌棄。」

關曉柔開心一笑，「小媚姐的品味肯定錯不了，只要是你看得上眼的，我肯定照單全收。」

二人坐下來喝了一會兒咖啡，關曉柔漸漸又把話題扯到了金河谷的身上。

聽完關曉柔的敘說，江小媚訝聲問道：「曉柔，他竟提出這種要求，你該怎麼辦？」

關曉柔笑道：「放心吧姐，石萬河是個廢物，他根本就不是個男人，弄不成事的。」

江小媚搖搖頭，石萬河和金河谷這兩個男人都不是那麼簡單的，關曉柔想算計這兩人，一個弄不好，那可是要搬起石頭砸自己的腳的，騎馬不成反被馬踩死，她最擔心的就是這樣。

「曉柔，聽小媚姐一句話，不要玩火自焚，保險起見，你最好還是按照昨晚我和你商定的那樣，不要急於求成，等到時機，是狐狸總會露出破綻來的。」

關曉柔聽後卻是搖了搖頭，扯開話題，「小媚姐，你別擔心我了，你自己也要小心些，金河谷對你可一直心存不良的想法呢，有幾次在夢裏還叫著你的名字。你可千萬要小心，他這個人下作的很，什麼手段都敢使，據我所知，他身上就經常放著一個粉色的小瓶子，那東西不知道害了多少女人，那禽獸屢試不爽，上不了手的，就會使陰招，你可要千萬小心。」

江小媚心中大驚，她的確是沒想到金河谷如此下作，心想今後還是儘量避免與金河谷單獨相處，以免不慎中套。

林東最近老是覺得背後有一雙冰冷的眼睛盯著他，這種感覺已經伴隨他有十來天了。

進入五月份之後，氣溫猛然升高，彷彿跨過了春季，直接進入了夏季。

他不知道是不是自己的感覺錯誤，但希望是如此，這種感覺曾在他多次處於危險之中都曾出現，非常的靈驗，每次這種感覺出現，總是伴隨著不好的事情發生。與迅速攀升的氣溫一樣，林東的心裏多少有些暴躁。

最近他和金河谷相安無事好一陣子了，心想應該不是金河谷搞的鬼。汪海和萬源都已被他鬥垮，一個在監獄裏吃牢飯，一個四處逃亡，而他並沒有其他的對頭，實在是想不出來誰還會對他不利。

五月初旬，股市平靜如常，沒什麼可值得談論和說道的，而在私募界，卻發生了大地震！

業內排名前五的一家大私募公司忽然垮台，公司老闆秦建生因受不了各方客戶的催債，而選擇了私募界的常規方式結束了自己的生命。

秦建生跳樓身亡的消息傳開之後，業內炸開了鍋。秦建生雖不如陸虎成那般在業內呼風喚雨，但也算得上是一方諸侯，實力不可小覷，而為什麼會突然崩解？隨著同行們瞭解的深入，金鼎投資公司也逐漸浮出了水面。

自此，金鼎投資公司才為業內人士所熟悉，現在所有業內的同行都不單單認為這家公司只是一匹黑馬而已，對金鼎投資公司重新的定義則是爪牙鋒利的幼虎。雖然還未成長為嘯聚山林的猛虎，但已初現王者之霸氣。

得知秦建生跳樓身亡的消息之後，林東立馬從溪州市趕回了蘇城，在蘇城，他要為管蒼生和他的兄弟慶祝，壓抑在他們心中多年的仇恨終於消散了，這絕對是個可喜可賀的日子。

晚上慶祝的時候，所有人都到了，獨缺管蒼生一人。

管蒼生是個奇特的人，他不想出現，誰也找不到他，沒有人知道他此刻的想法。而管蒼生此刻，則在蘇城郊外的一座小山頭上。面前擺著兩隻酒盅，倒一杯撒一杯。

他以這種方式祭奠他曾經的兄弟秦建生，秦建生死了，他沒有感到一絲的歡樂，反而在聽到這個消息之後，在眾人山呼海嘯般的歡呼中沉默不語。他的心上被濃濃的哀傷所籠罩，悔恨、惋惜、暢快等多種感覺交匯在一起，說不出是什麼感覺。

管蒼生心想，如果沒有秦建生當初的出賣，以他操盤的天賦和秦建生的長袖善舞，現在在私募界呼風喚雨的絕對是他們哥倆。而命運弄人。一切的設想都不如現實來得殘忍，兄弟之情化為烏有，剩下的只有背叛和仇恨。

「建生，還記得當初我們一起南下，你在旅館裏跟我說的話嗎？為什麼你後來忘記了，為什麼……」

林東回到蘇城的第二天，沈傑就找上了門。這次他依然不是一個人來的，身後還跟了一位三十歲左右短頭髮帶著金絲邊眼睛的女人，聽他介紹，這位是雜誌社很有名的財經記者呂冰，這次來是想對林東做一次專訪的。

當初通過沈傑的關係，林東花了一百萬買來了一個江省「十大傑出青年企業家」的頭銜。沈傑這次來，其實也是為了這個事情的。這陣子他一直在忙這個專題，林東因為花的錢少，排在了最後，所以才在最後找到他。

在林東的辦公室裏，沈傑倒是不急著忙正事，與林東就像是許久未見的老友，似乎有說不完的話，喝了三杯茶，仍是不見他提正事。

呂冰有些急了，早就聽社裏同事說起沈傑囉嗦，這是她頭一次跟沈傑搭夥出來做事，果然如此。

「沈主編，時間不早了啊。」呂冰見沈傑聊起來似乎就沒有收口的時候，忍不住提醒了一句。

沈傑一看手錶，點了點頭，「是啊，這都快到吃飯時間了。」

呂冰一聽這話，氣得差點沒罵人，她是個直性子，率性而為，立馬說道：「沈主編，咱們這次是來作專題的，還是來喝茶的？」

沈傑一聽這話，臉上有些掛不住了，早聽說呂冰這個女人難纏，果然不假，心道你這老處女，我好歹是個主編，什麼時候輪得到你指手畫腳了。

林東這才注意到呂冰，這女人微微有些豐滿，膚色非常的白，臉上有些嬰兒肥，但卻絲毫不影響美觀，反而平添了幾分可愛，眼睛下面的一雙眼睛非常有神采，那是飽學之人特有的光彩。

呂冰個子中等，穿了一身米白色套裙，露在裙子外面的小腿白得如雪如玉。奇怪的是，林東此刻一點都瞧不出她的怒火，反而覺得她十分的可愛，不自禁的笑了一聲。

這笑聲雖小，但卻準確的傳入了呂冰的耳中，林東立馬就感受到了對面傳來的嚴厲的帶有責問的目光，他趕緊正襟危坐起來。

「呂博士，你別急嘛，我和林總聊聊天，那也是為了方便你的工作嘛，大家多交流交流，待會才會有默契，你說是不是？」沈傑的這句話看似沒有傷害，實則暗藏殺機。

單位裏眾人皆知呂冰是因為讀了博士才沒找到男人，因此三十二歲了還是個老姑娘，像她那樣既漂亮又有高學歷的女人，眼光未免挑剔了些，也有很多男人為了避免承受壓力而選擇了避開這類精英。

沈傑對呂冰方才的稱呼，實則就是一把無形之劍，傷人於無形之中。

林東發現了呂冰臉上神情微妙的變化，再一瞧沈傑一臉得意的笑容，立馬便猜到剛才的話有問題。他對呂冰頗有好感，見沈傑對這麼一個女人使心眼，心裏就有些不爽。

他起身離開了座椅，朝呂冰走去，「呂記者，走，我帶你去參觀參觀公司的各個部門，我們可以邊走邊作交流，可以嗎？」

呂冰臉上閃過一抹詫異的神色，她用與剛才不同的眼光重新審視了一下林東，似乎與她所想像的不一樣。

雖然如此，呂冰對林東的態度依舊沒有好多少，臉上仍是一副冷漠的表情，與方才並無分別。這個女人就是這樣，外冷內熱，曾有不少事業有成的好男人追求過她，也都因為呂冰的這種態度而大受傷害而選擇了退出。在她心裏，林東與她所採訪過的那幫富豪並無區別，說實話，她對那種人是鄙視的，認為他們只知賺錢，卻不知回報社會，這種人對社會而言是無益的。

沈傑可說是林東的好友，看得出林東有意幫呂冰，偷偷笑了笑，心想難道這傢伙看上了這老處女？若真的是這樣，他認為呂冰可要感謝他了，若不是他帶她過來，這樣的好事豈會落在她的頭上。

沈傑跟在二人的身後，有意與他們拉開一段距離，好讓他們可以單獨交流。林東帶著呂冰，到各個科室裏轉了轉，過程中，呂冰對金鼎投資公司的內部架構也算是有了不少的瞭解。令她印象最深的不是這個公司的業績有多麼華麗，而是這個公司員工的精神面貌。她所看到的每一個人，臉上都帶著真摯的笑容，那笑容之中包含了對這份工作的滿意，間接便證明了他們對公司的忠誠度很高。

呂冰走過不少投資公司，其中不乏國際上知名的投資公司，從規模來講，金鼎投資公司算是很小的了，但是員工的風貌，卻是那些國際大公司都無法比擬的。形成這種狀況的原因是什麼，呂冰對此十分好奇。隨著瞭解的深入，她愈發覺得這個男人身上有太多令她感興趣的東西，有待挖掘。

採訪一圈之後又重新回到了林東的辦公室，呂冰說了聲失陪，去了一趟洗手間。她從洗手間出來之後，看到走廊裏有個拖地的老阿姨，覺得老人家十分面善。心想她應該不是金鼎投資公司的員工，應該是大廈物業公司的保潔員，便想向她打聽一下這家公司的狀況。畢竟林東帶她看到的都是好的，從外人口中，說不定能瞭解到一些她看不到的訊息。

「阿姨，可以耽誤您幾分鐘的時間嗎？」呂冰笑容親切的問道，謙遜有禮。

這保潔員正是秦大媽，秦大媽停下了手中的工作，直起腰打量了呂冰一眼，笑道：「小姐，你是來應聘的嗎？這裏我熟悉，要找誰啊？」

呂冰順著秦大媽的話頭往下說道：「是啊阿姨，我是來應聘的，我能跟您打聽一下嗎，這家公司怎麼樣啊？」她故意壓低了聲音，使自己裝得更像。

秦大媽笑道：「小姐，你來這裏就對了，我跟你說啊，這家公司的老闆非常好，你看看我這麼一大把年紀了，他還請我來這裏工作，每天就做三個小時，一個月給我五千來塊的工資，逢年過節，員工們有的福利，我那是一點都不少。去年過年，發了我五萬塊獎金呢。你說說，這麼好的老闆你到哪兒找去？」

呂冰聽了大感驚詫，給一個打掃衛生的阿姨發五萬塊的年終獎，這太有違常理了，她從來也沒聽說過有這麼好待遇的公司。

還沒等她再問，秦大媽已滔滔不絕的說了起來，她現在差不多是逢人就誇林東的好了，「這裏的老闆是個大好人吶，你別看他年輕，很知道報恩的，以前他和我在一個小院裏租房子，就是三百塊一間的小窩棚，那時候要上班，我就經常替他收個衣服煮煮飯什麼的，後來等他當了大老闆了，不像別人有錢了就不理那些窮朋友了，立馬讓我到這兒來上班，給我發那麼多的工資不說，而且福利待遇都跟裏面那些年輕人一樣。你要是進了這家公司，大媽保證你做得舒服。」

呂冰心裏微微有些詫異，她不知道林東還有過那麼一段經歷，原本認為林東是哪家富商或是高管的兒子，沒想到卻是個富一代。這讓她覺得林東身上可挖掘的東西更多了，對林東也產生了濃厚的興趣。

「做了那麼久的專題，總算是遇到一個我感點興趣的人了。」

呂冰心中暗道，謝過了秦大媽，然後便回到了林東的辦公室。

沈傑見她那麼久才回來，有些不悅，「小呂，怎麼去了那麼久，人家林總要請我們吃飯呢，快點走吧。」

呂冰本想說不去的，但一抬頭看到林東朝她投射來的目光，心裏歎了口氣，心道這人還真是有種讓人不忍拒絕的魅力啊，猶豫了一下，拎起放在沙發上的坤包，算是答應了下來。

沈傑倒是有點吃驚，前面採訪的幾個老闆，呂冰都是以各種各樣的理由拒絕了和他們吃飯，她今天居然沒有拒絕，真是讓人猜不透，心道這兩人到底是誰對誰有意思啊？

「小呂，你去嗎？」沈傑以為呂冰剛才沒聽清楚他說什麼，於是便再次問道。他其實是不想帶著呂冰的，呂冰眼裏有太多看不慣的事情了，如果呂冰也去，吃飯的時候他沒法放開不說，恐怕連飯後的娛樂活動也都沒法開展了，心裏不免覺得有些遺憾，這蘇城的妹子可是水靈啊。

「去，我沒說不去啊。」呂冰冷言答道。

林東站了起來，往門口走去，「那咱們就出發吧。」

沈傑耷拉著腦袋，心裏比較鬱悶，看來這不是他倆誰對誰有意思的問題，而是彼此互有好感啊，他頓時有種自己才是多餘的那個人的感覺。

萬豪國際大酒店。

這家酒店是林東常來的地方，也算是蘇城檔次最高的酒店了，在蘇城餐飲業是龍頭老大的地位。

三人進了包間之後，中餐廳的經理湯姆就走了過來。他以前見到林東的時候是直呼其名，或者是在林東的姓氏前面加個小子，而現在卻不能那麼叫了，林東每次過來，他都得親自過來招呼一下。

「林老闆，有些日子沒來了啊。」

林東丟給湯姆一支煙，笑道：「是啊，溪州市那邊的工程太忙，脫不開身。」

湯姆道：「林老闆，有什麼事你吩咐，有兄弟在這兒，一定滿足你的要求。」

林東呵呵一笑，「瞧你說的，我上這兒吃飯來的，只要菜的味道好就可以了，還能有啥要求。」

湯姆是從林東大學的時候就認識他了，他哪能想得到曾經的窮小子能變成現在這樣的大老闆，不過有一點他得承認，有錢了之後，林東對他的態度也沒什麼變化，還和大學時候一樣。

「最近手頭有些錢，林老闆，我想到你的投資公司投資。」

林東道：「這沒問題，你去公司找專門負責的員工，就說是我的朋友，其他的一切都不用你操心了。」

湯姆一喜，金鼎投資公司回報超高這是他早就聽聞的，萬豪作為蘇城最高檔次的酒店，來往這裏的多數都是大富大貴之人，他不止一次聽到過那些人談論林東的投資公司，說得他都心動了，最近賣了一套房，手裏正好有一百多萬，於是便想到要去金鼎做投資。

「那我就不打擾諸位了，有什麼要求找我湯姆，告退。」

湯姆走了之後，女侍就抱著菜單走了進來，問是自己點菜還是按照飯店的規格來。

林東看了看沈傑和呂冰：「二位的意思呢？」

沈傑沒說話，呂冰說道：「咱們就三個人，沒必要弄一桌子的菜，我看就自己點吧。」

林東讓女侍把菜單遞給呂冰，「呂記者，我看就由你來點菜吧。」

呂冰很不客氣，拿起菜單隨手翻了翻，要了幾個清淡的菜，四菜一湯。

那女侍有些鄙夷的看了她一眼，心想這些人怎麼就要這些菜，不太熱情的說道：「抱歉了先生，我們這個包廂的最低消費是兩千五，你們點的這些菜還達不到最低消費的標準，按照我們酒店的規定，這樣的話可是要按最低標準來收你們的錢的，再多點些吧，湊齊了兩千五就不吃虧了。」

這女侍也是好意的提醒，覺得他們只點了千把塊錢的菜，卻要被收兩千五，這樣子太不值了。

「點了一桌子菜我們吃得完嗎？你知道中國的餐桌上每年浪費掉多少的糧食嗎？這個世界上還有被餓死的人，我們卻在大肆的鋪張浪費，這應該嗎？」呂冰面對一個酒店女侍，竟然說出了那麼一大段教育人的話。

林東心中暗笑，這呂冰還真是博士，看來是讀書讀得有點傻了，聽的大道理多了，到哪兒都想著要教育人。

那女侍以非常奇怪的眼神看了看她，既然這人對她善意的提醒不領情，她也就覺得自己剛才的話是多餘了，把身子一扭，拿著菜單走了。

「沈主編，喝什麼酒？」林東問道。

沈傑剛想開口，卻被呂冰搶先了一步，「都是開車過來的，中午不能喝酒。」

沈傑無奈的看了看林東：「那就聽小呂的，咱們今天喝點飲料吧。」他知道呂冰性格固執，認定了是對的事情就會死腦筋，如果執意要喝酒，呂冰非得跟他吵起來不可。

姑奶奶唉，惹不起，我還躲不起嘛。

這頓飯有呂冰在場，沈傑吃得十分的不痛快，那些菜沒一個對他胃口的。沈傑較為鬱悶，而呂冰則不然，她好似吃得非常開心，與林東邊吃邊聊，彼此做了一些深入的交流。經過這一番交流，林東對呂冰有了更深層次的認識，博士的名頭果然不是吹的，許多見解非常獨到。他旁敲側擊的問起呂冰有沒有換工作的打算，像呂冰這樣的人才，正是他所渴求的，如果能招至麾下，那絕對會成為一員猛將。

而呂冰則是含糊其辭，沒有向他透露出半點想要離開現在所在單位的資訊。

吃過飯之後，呂冰和沈傑便把林東帶到了他們下榻的酒店，在那兒，呂冰對林東進行了一次細緻的採訪，問題是她來之前就已經定好的，但在採訪之中，呂冰臨時換了幾個問題，都是她現場想出來的，在毫無準備之下，林東也能對答如流。

一旁的沈傑聽得昏昏欲睡，採訪還未結束，他就回房間睡覺去了，只留下林東一人在呂冰的房間裏。

沈傑走後，倒是方便了林東，採訪結束之後，他把中午想講的話直接挑明了，

「呂冰，如果你什麼時候現在的工作做膩了，金鼎投資的大門永遠為你敞開。」

「如果真的有那麼個時候，我想我一定會認真考慮你們公司的。」呂冰莞爾一笑。

泡了杯茶給林東，二人又在房間內聊了許久，似乎是有說不完的話題。獨處的時間雖然是短暫的，但彼此都給對方留下了美好的印象。直到下午四點，林東才離開了呂冰的房間，呂冰送他到樓下。

從酒店出來，林東就開車往九龍醫院去了。

到了那兒，才知道羅恒良今天有一場化療，還在化療當中，於是就在外面等著。化療之後的羅恒良顯得非常的虛弱，見到林東，臉上浮現出一抹笑意，想開口說什麼，但只是嘴皮子動了動，卻沒有說出話來。

「乾爹，你好好休息。別說話了。」

林東親自把羅恒良推到了病房，羅恒良精力極差，一會兒就睡著了。林東一直守在床邊，直到晚上八點多羅恒良醒來，他才起身去弄了點清粥過來。羅恒良吃了兩口，沒什麼胃口，擺擺手不肯再吃。

「乾爹，你想吃什麼？告訴我，我去給你弄來。」

林東見他只吃了那麼一點，不禁心疼的說道。

羅恒良氣虛力弱的說道：「東子，我好懷念咱們老家的棒子麵稀飯啊。」

林東微微一笑，「這有什麼難辦的，乾爹，我一定去給你弄來。」

羅恒良道：「不早了，你也在這陪了我好一會兒了，回去吧東子。」

林東點了點頭，「乾爹，我一有空就過來陪你。」

出了醫院，林東記著羅恒良的話，想著去哪地方弄棒子麵去。江南一帶，都把棒子麵當作主食。在這裏要找棒子麵還真不是個容易的事情，林東從醫院出來之後，開車就近找了一家大型的超市，到賣雜糧的地方看了看。

這地方的確是有棒子麵，但他看了一看，這裏的棒子麵與老家的大為不同，超市裏賣的泛白，而他們老家的棒子麵色澤泛黃，金黃金黃的。他看了一看，搖了搖頭，既然羅恒良想吃棒子麵稀飯，就一定要讓他吃到正宗的家鄉的棒子麵稀飯。

離開超市，林東去停車場取了車，心裏那種奇怪的感覺又冒了出來，總感覺背後像是有雙眼睛盯著自己，但他在四周仔細搜尋了一番，卻是一無所獲，但心裏的那種感覺卻是愈發的強烈，絲毫沒有減弱半分。

車庫的燈光非常明亮，除了幾根牆柱後面可以藏人，根本沒有其他地方可以藏人。林東往前走去，若是有人跟蹤他，一定要把他揪出來，省得每天疑神疑鬼。車庫裏除他之外，並沒有其他人，他挨個牆柱看過去，直到把所有柱子後面都看完，也沒有任何發現。

「出了鬼了。」

正當林東往回走的時候，後面的電梯門開了，只聽背後一個熟悉的聲音在叫他。

「林東！」

林東回頭一看，竟然是下午才見過的呂冰。

「呂冰，怎麼會是你？」

呂冰一臉的緊張，跑過來在林東身上看了幾眼，「你沒事吧？」

林東微微一笑，「你不是看見了麼，我好好的呢。」

呂冰道：「剛才在超市我就看到了你，本想過去叫你的，發現有個人跟著你。那個人長相十分奇怪，長得不像中國人。」

林東面色一變：「你看到了？」

呂冰非常肯定的點點頭：「如果不是看到那個人形跡可疑，我根本就不會跟過來。我無意中看到了他的目光，比狼還兇狠，而那個人給我的感覺，根本就不像是人，而像是野獸，十分的可怕。」

林東吁出一口氣，「看來不是我多疑，的確是有人跟蹤我。」

「我怕他對你不利，所以就跑著跟過來。」呂冰臉上微微喘著氣，驚魂未定的樣子。

林東心中不禁湧出一絲甜意，「呂冰，謝謝你。」

呂冰擺擺手，「這就不必說了，對了，你的車在哪？我包裏有紙筆，那個人的臉我看到了一眼，趁現在記得還算清楚，我把那人的模樣畫出來給你，以後你要是見著了，千萬小心那人。」

林東點了點頭，「走，我的車就在前頭。」二人進了車，呂冰坐在副駕駛位上，從包裏掏出紙筆，運筆如飛，簡單的幾條線條就把一個人的神情相貌勾勒出來了。

「他的膚色十分黑，個頭不高，但脖子非常長，那長相有點像雲貴那邊的。」呂冰邊說邊畫，很快就把那人的身材相貌給畫了出來，交給了林東，「在腦子裏記好。」

那樣的長相令人過目難忘，林東只看了一眼便深深的記了下來，那人兇狠的目光似乎從紙上可以透出來似的，令他感到徹骨的寒冷。

「林東，是不是你生意上得罪了人？」呂冰滿懷關切地問道。

林東笑了笑，「做生意難免要得罪些人，但我覺得不至於要買凶幹掉我。」

「我看你還是小心一些，這世上最難測的就是人心，不要以自己的想法去揣測他人的想法。」呂冰沉重重撂下幾句話，言語之中難掩對林東的關心之情。

林東像是沒聽見似的，目光依舊停留在手裏的素描人像畫上，看來真的得小心了，畫上的這個人，給他的感覺比當初汪海請來殺他的獨龍還可怕。

「呂冰，我送你回去吧。」林東把畫像折好揣進懷裏，笑了笑，轉換一下心情。

呂冰搖了搖頭，「不必了，我初到蘇城，還要逛一逛，你走吧，我下車了。」語罷，推開車門，飄然而去，留給林東一個亦真亦幻的背影。

第十章

難解的心頭之恨

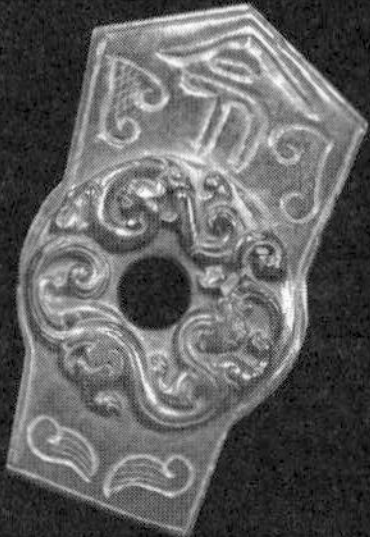

金河谷仔細想了一下，只要能幹掉林東這個心頭難解之恨，要他出一千萬也可以，況且萬源的這個計畫並不會讓他花掉一千萬。要他為萬源辦個新的身分，這並不是件難事，五百萬更不是問題。

「萬總，」金河谷伸出手，「希望我們合作愉快。」

林東發動了車子，沒有在蘇城停留，直接開車去了溪州市。到了溪州市，想起好久沒去柳枝兒那裏，便開車去了春江花園。

柳枝兒已經下班回來了，給林東開了門，「東子哥，吃飯了嗎？我正在吃呢，給你盛一碗去。」

林東還沒說話，柳枝兒已迅速的端來一碗熱氣騰騰的飯食給他，他一看是玉米麵子稀飯，趕忙喝了一口，面露驚喜，「枝兒，這棒子麵是咱老家的吧？」

柳枝兒點點頭，「是啊，我在電話裏跟我媽說想吃家裏的棒子麵稀飯，所以上次你回家我媽就讓你捎了點帶來了給我，混在其他東西裏，可能你沒看見。」

「太好了，還有多少棒子麵？」林東三口兩口就把一小碗棒子麵稀飯喝完了，吃慣了山珍海味，覺得只有這種粗食才是最讓胃舒服的食物，對他而言，這勝過鮑魚魚翅。

柳枝兒不明白林東為什麼那麼興奮，有些不解的笑了笑，「東子哥，瞧你喜的，還有不少呢。」

「枝兒，都給我吧。」林東說道。

柳枝兒笑道：「東子哥，你如果喜歡吃，那就多來我這裏，你那麼忙，哪有工夫煮飯，還是我來燒給你吃吧。」

林東搖了搖頭：「不是我吃，你誤會了。」

「那是誰？」柳枝兒覺得有些詫異，有誰會對這種不值錢的粗食那麼上心呢。

林東想到羅恒良如今的病情，歎了口氣：「是中學時候教過我們的羅老師。羅恒良羅老師，有印象嗎？」

柳枝兒還不知羅恒良得了肺癌住院的消息，聽了林東這話，只覺雲裏霧裏的不明白，忙問道：「羅老師想吃還不多得是，你又不是不知道，咱老家誰家稀罕棒子麵啊。」

林東道：「枝兒，你還不知道啊，羅老師他病了。來蘇城瞧病已經有一陣子了，今天我去看他，他什麼胃口都沒有，吃不下飯，我問他想吃什麼，他就跟我念叨棒子麵稀飯。」

柳枝兒沒聽進去林東後面的話，聽到羅恒良生病的消息，腦子頓時就炸開了，她知道羅恒良對林東的恩情很大，林東還把他認作了乾爹，心裏就把他當成自己的乾爹一樣看待，「羅老師他生的什麼病？」

「肺癌。」林東答道。

柳枝兒的臉色瞬間變得煞白，她知道肺癌意味著什麼，村裏又不少人都因這個病而死了，「羅老師那麼好的人，老天怎麼就那麼不開眼啊！」說著，柳枝兒的眼淚就如斷了線的珠簾，一顆顆晶瑩剔透的淚珠似玉珠般滾落。

林東見她這副模樣，心知柳枝兒是傷心至極，把她摟進懷裏，「枝兒，往好處想點，我已經把我乾爹安排進了蘇城最好的醫院，請了最好的大夫，我們要相信他可以戰勝病魔的。」

柳枝兒在他懷裏嚶聲啜泣，好一會兒，才調整好情緒，抹了抹眼淚，她知道在林東面前哭是不對的，林東心裏一定比她更難過，應該向他傳遞積極的情緒，而非消極的情緒。

「東子哥，羅老師住在哪家醫院？我想去看看他。」

林東沒有攔她，說道：「在蘇城的九龍醫院。」

柳枝兒道：「羅老師想吃棒子麵稀飯，那就讓我煮給他吃吧。」說完，走到了房裏，拿起電話給劇組領導打了個電話，說要請假一天。

柳枝兒打完電話就準備忙起來，但轉念一想，玉米麵子稀飯煮好了之後怎麼帶過去給羅老師喝呢？就算是裝在保溫壺裏，恐怕到醫院也涼得差不多了。正在思措之時，柳枝兒看到了廚房裏的電鍋，頓時有了想法，她決定將電鍋帶到醫院裏，在羅恒良的病房裏給他煮一鍋棒子麵稀飯。

林東見她把電鍋放進盒子裏，問道：「枝兒，你這是幹什麼？」

柳枝兒把她的想法跟林東一說，林東也沒反對，這無疑是讓羅恒良喝到最熱、最新鮮的棒子麵稀飯的最好辦法。

第二天一早，柳枝兒就拎著一大堆東西趕往蘇城去了，林東要開車送她，她卻怎麼也不肯。一來她知道林東工作繁忙，時間比較緊張；二來害怕在蘇城被人看到林東和她在一起，告到高倩那裏去，從而影響到林東和高倩的關係，所以她寧願自己扛著沉重的東西，也不願坐林東的車過去。

從火車站買了票，上車之後不到十五分鐘就到了蘇城。她早上的時候已向林東問清楚了路線，到了火車站，又換乘公車去了九龍醫院，到了九龍醫院，時間還不到十一點。

她來到了羅恒良的病房前，敲了敲門，老護士給她開了門，問道：「小姐，你找誰？」她見柳枝兒背後背著一個大蛇皮袋子，還以為是走錯了房間的。

柳枝兒臉上露出質樸純真的笑容，「大姐，請問羅老師是住這個房間嗎？」

老護士上下打量了柳枝兒幾眼，看她不像是壞人，便問道：「你是他什麼人？」

柳枝兒道：「我是他教過的學生，叫柳枝兒。」

「你等會兒。」老護士關上了門，走進羅恒良的臥房，問了一句，「羅老師，外面有個叫柳枝兒的小姐來看望你，說是你以前的學生，您見嗎？」

羅恒良此刻正在看報，身體雖然虛弱，但只要還能動得了，每天早上的新聞早八點和報紙都是他必看的，柳枝兒這個名字是他熟悉的，知道是柳林莊柳大海的閨女，和林東還曾定過親，後來……

想起柳枝兒和林東的親事吹了，心裏不禁一陣難過，當初他也是極看好這門親事的，兩個娃娃都是好樣的，只可惜柳大海那傢伙目光太過短淺。

「哦，的確是我的學生，快請她進來吧。」

老護士出去給柳枝兒開了門，笑臉盈盈，「小姐，快進來吧。」

這時，羅恒良已從床上下來了，走到外面的客廳裏，正好瞧見柳枝兒拎著東西走了進來。半年沒見，柳枝兒的臉色要比在家的時候好多了，人也顯得更漂亮了。

「羅老師……」

柳枝兒見羅恒良現在瘦骨嶙峋的樣子，心中一酸，眼淚忍不住就落了下來。

還是羅恒良豁達，走過去拍拍她的肩膀，「小柳，記得在學校的時候你可是個堅強的孩子啊，哭什麼呢，羅老師這不是好好的麼。」

柳枝兒擦乾了眼淚，「羅老師，我才從東子哥那裏知道您生病了，所以今天才過來，請您別怪我。」

「好孩子，羅老師怎麼會怪你呢，你在這邊生活得還習慣嗎？」羅恒良伸出手把柳枝兒拉到沙發上坐下來，見柳枝兒帶著個大大的蛇皮袋子，笑問道：「枝兒，你這是幹啥呀？」

柳枝兒迅速把袋子裏的東西拿了出來，羅恒良看到這些東西，馬上就明白柳枝兒的用意了，心中大為感動。

「東子哥說你想吃咱老家的棒子麵稀飯，正好我媽上次捎了一袋子給我，羅老師，我現在就煮棒子麵稀飯給你喝。」

柳枝兒一刻沒歇的忙碌了起來，任憑羅恒良怎麼攔她，就是不停。

「枝兒呀，你帶來那麼多棒子麵，我哪能一頓吃得完啊。」

柳枝兒笑道：「羅老師，這哪是讓您一頓就吃完的呀，我多帶些放這兒，等啥時候您想吃了，就讓護士阿姨煮給您吃。」

老護士主動湊過去，這棒子麵稀飯她還真是沒見過，就在柳枝兒身邊學著，其實也很簡單，把水煮開，兌好棒子麵，倒進沸水裏就行了，只是得看著鍋，小心煮過了頭，鍋裏的稀飯漫出來。

棒子麵煮好之後，羅恒良一頓喝了三碗，仍是意猶未盡的樣子。老護士從沒見他有這麼好的胃口，但羅恒良現在是帶病在身，不能吃得太飽，沒讓他喝第四碗。

吃了飯之後，柳枝兒又陪羅恒良聊了好一會兒，這才離開了醫院，把帶來的東西都留在了醫院，告訴老護士，等羅恒良想吃的時候就煮給他吃。

她乘電梯離開醫院的時候，高倩正好乘電梯上來，二人擦肩而過。

羅恒良剛準備上床休息一會兒，就見高倩來了，這柳枝兒前腳剛走，高倩就來了，倒還真為林東擔著心，要是這兩女娃遇上了，那可如何是好呢？

「小高，你怎麼又來了，你事情多忙啊，不要老來我這老頭子這裏浪費時間嘛。」

高倩每次來都帶著厚禮，這次又是兩手提滿了東西，「乾爹，最近感覺好些嗎？」

梅山別墅裏。

三米高的牆頭好似一堵矮牆，扎伊一個縱跳就翻了過去，穩穩地落在了院子裏。

萬源咳嗽一聲，別墅裏的火光亮了起來，這裏早已斷了電，只能靠煤油燈照明，「是扎伊嗎？」

扎伊咿咿呀呀的說了幾聲，除了萬源，整個溪州市找不出第二個人聽得懂他的話。

萬源放開了門，扎伊進了屋裏，從火堆上撕下一隻烤得半熟的羊腿，野獸般撕咬了起來。

等他吃了一隻羊腿，萬源這才開了口，「今天有什麼收獲？」

扎伊折斷一根樹枝，在屋裏的沙盤上畫起了圖案。

萬源皺眉看著，漸漸明白了扎伊這一天的經歷，沉吟道：「你被一個女人發現了？」

扎伊點了點頭。

「沒用的廢物，這下打草驚了蛇，林東那小子有了防備，事情可就不好辦了。」萬源一手握拳，一手攤開，以拳擊掌，一副心裏不安的模樣。

扎伊已經盯上林東半月了，有很多次機會解決了林東，但是萬源還沒有想好脫身的機會，所以就一直遲遲沒有下手。他在等待金河谷的幫助，應該說是交換，他替金河谷解決了林東，金河谷為他重新辦一張身分證，給他一筆錢，讓他到天高地遠的地方重新過一個正常人的生活。滇緬邊境人吃人的生活他實在是厭倦了，在那裏他得時刻提防著別人殺他，太嚮往普通人的生活了。

「到了這步田地，是逼著我儘快行動啊。」萬源看著火光，扔掉了煙頭，踏上去碾滅了。

第二天，他本想再去聯絡金河谷，卻在他聯繫金河谷之前，金河谷主動找來了。

萬源看到金河谷的第一眼，就從他的眼裏發現了騰騰的殺氣，心中狂喜，知道金河谷不是沒事來找他的。

「金老弟，怎麼樣，想好了嗎？」

金河谷沒說話，點上一根煙死命的抽了起來，今早上他接到齊寶祥的電話，還在溫暖的被窩裏，頓時感覺像是被一盆冷水當頭淋了下來，濕透了全身。石萬河答應給他一百五十名工人，他的確是做到了，第二天就找車把那一百五十名工人送到了他在國際教育園的工地。

金河谷為此還對石萬河心存感激，卻不知石萬河在暗中埋了地雷。石萬河本來的確是想要幫助金河谷的，畢竟國際教育園的工地他有百分之十五的股份，但因為那晚沒能成功上了關曉柔，加上關曉柔那冷漠鄙夷的神情，事後石萬河大動肝火，心裏憋了口氣，要給金河谷點顏色瞧瞧。

那一百五十名工人都是他親自精挑細選的，全部都是萬和地產工地上的刺頭，個個都不是省油的燈，最喜歡在工地上尋釁鬧事。把這些人放到一塊兒，那還不是鬧翻了天。

果然，到了國際教育園的第三天，那幫人就鬧開了，當場就發生了械鬥，重傷二十幾人，人人掛彩。齊寶祥帶著十幾個手下跑去維持秩序，拿出了平日欺負老實人的狠勁，沒說三句話，就被一哄而上的工人打翻在地，著實挨了一頓狠揍，鼻樑骨都被打斷了，他的十幾個手下個個重傷，都躺在醫院裏哼唧。

齊寶祥一氣之下打了報警電話，員警到了這裏，把受了重傷的送進了醫院，其他的全部帶回了局裏，拘留了。

金河谷聽到這消息，頓時肺都氣得快要炸開了。他沒有怎麼怪石萬河，反而將滿腔的怒火怪罪於林東，心想如果不是林東把之前的工人都嚇走了，他的專案絕不會成現在這樣的狀態。

這是他的金氏地產得來的第一個專案，他原本是想著要好好做的，哪知道那麼艱難，磕磕絆絆，現在又陷入了停工狀態。他思來想去，石萬河是不可能再借給他那麼多人了，而且這事情石萬河也脫不了干係。金河谷頓時有種賠了夫人又折兵的感覺，關曉柔雖說沒被石萬河上過，但身上什麼地方都被那老傢伙摸過親過，現在想來，嘴裏就像是吃了蒼蠅般噁心。

他一氣之下，不知怎地，開車就來到了這梅山別墅。

「還沒吃早飯吧。」萬源見金河谷來得極早，還不到七點，便吩咐一聲，「扎伊，割塊羊肉過來。」

扎伊割了一塊羊腿肉送給金河谷，金河谷也不客氣，接過來就往嘴裏塞，扎伊燒烤的功夫十分厲害，只用了簡單的佐料，就烤出了比大飯店烤全羊還好的味道，金河谷幾下就吃完了，抹了抹嘴上的油，一副意猶未盡的模樣。

「金老弟好胃口啊，果然是年輕啊。」萬源適時的讚歎道。

金河谷開門見山的說道：「萬總，上次我問你有什麼萬全之策，現在可否告訴我？」

萬源笑道：「當然可以，金老弟，你仔細聽好了，這計策對你而言毫無風險……」

萬源將他的計畫說了出來，殺林東這任務交由扎伊去做，而金河谷要做的就是為他準備好新的身分證，然後給他五百萬，讓他可以去個小地方衣食無憂的過一輩子。

金河谷仔細想了一下，只要能幹掉林東這個心頭難解之恨，要他出一千萬也可以，況且萬源的這個計畫並不會讓他花掉一千萬。要他為萬源辦個新的身分，這並不是件難事，五百萬更不是問題。

「萬總，」金河谷伸出手，「希望我們合作愉快。」

萬源用力的握住金河谷的手，「金老弟，咱們一定會愉快的，請儘快為我辦好新的身分，好讓我沒有後顧之憂。」

金河谷點點頭，「這事你就放心吧，等我消息。」

金河谷沒在梅山別墅逗留太久，談完了事情就離開了梅山別墅，驅車直奔公司。想到林東這個生平之大敵很快就會徹底從他的生活之中消失了，心裏有種說不出的快感，打開了音樂，跟著悠揚的曲調哼了起來。

「我是一隻來自北方的狼……」

到了公司，關曉柔見他心情不錯，有點難以理解，怎麼國際教育園又停工了，金河谷還那麼開心呢？

請續看《財神門徒》之十五　冤家路窄

財神門徒 之14 詭秘交易

作者：劉晉成
發行人：陳曉林
出版所：風雲時代出版股份有限公司
地址：105台北市民生東路五段178號7樓之3
風雲書網：http://www.eastbooks.com.tw
官方部落格：http://eastbooks.pixnet.net/blog
Facebook：http://www.facebook.com/h7560949
信箱：h7560949@ms15.hinet.net
郵撥帳號：12043291
服務專線：(02)27560949
傳真專線：(02)27653799
執行主編：劉宇青
美術編輯：許惠芳

法律顧問：永然法律事務所 李永然律師
北辰著作權事務所 蕭雄淋律師

版權授權：蔡雷平
初版日期：2015年11月
初版二刷：2015年11月20日
ISBN：978-986-352-074-0

總 經 銷：成信文化事業股份有限公司
地　　址：新北市新店區中正路四維巷二弄2號4樓
電　　話：(02)2219-2080

行政院新聞局局版台業字第3595號 營利事業統一編號22759935

定價：280元　特價：199元

國家圖書館出版品預行編目資料

財神門徒 ／ 劉晉成著. -- 初版-- 臺北市：風雲時代，
2015.04 -- 冊；公分

ISBN 978-986-352-074-0（第14冊；平裝）

857.7　　104015647